中国书籍文学馆·散文苑

潺潺有声

张文宝——著

中国书籍出版社
China Book Press

图书在版编目（CIP）数据

潺潺有声/张文宝著.—北京：中国书籍出版社，2014.3
（中国书籍文学馆·散文苑）
ISBN 978-7-5068-3975-4

Ⅰ.①潺… Ⅱ.①张… Ⅲ.①散文集—中国—当代 Ⅳ.①I267

中国版本图书馆 CIP 数据核字（2013）第 305231 号

潺潺有声

张文宝　著

图书策划	武　斌　崔付建
责任编辑	王卉莲
责任印制	孙马飞　马　芝
出版发行	中国书籍出版社
地　　址	北京市丰台区三路居路 97 号（邮编：100073）
电　　话	（010）52257143（总编室）（010）52257153（发行部）
电子邮箱	chinabp@vip.sina.com
经　　销	全国新华书店
印　　刷	三河市华东印刷有限公司
开　　本	650 毫米 × 940 毫米　1/16
字　　数	162 千字
印　　张	13
版　　次	2014 年 6 月第 1 版　2019 年 1 月第 2 次印刷
书　　号	ISBN 978-7-5068-3975-4
定　　价	42.00 元

版权所有　　翻印必究

序

李敬泽

"中国书籍文学馆",这听上去像一个场所,在我的想象中,这个场所向所有爱书、爱文学的人开放,不管是白天还是夜晚,人们都可以在这里无所顾忌地读书——"文革"时有一论断叫做"读书无用论",说的是,上学读书皆于人生无益,有那工夫不如做工种地闹革命,这当然是坑死人的谬论。但说到读文学书,我也是主张"读书无用"的,读一本小说、一本诗,肯定是无法经世致用,若先存了一个要有用的心思,那不如不读,免得耽误了自己工夫,还把人家好好的小说、诗给读歪了。怀无用之心,方能读出文学之真趣,文学并不应许任何可以落实的利益,它所能予人的,不过是此心的宽敞、丰富。

实则,"中国书籍文学馆"并非一个场所,它是一套中国当代文学、当代小说的大型丛书。按照规划,这套丛书将主要收录当代名家和一批不那么著名,但颇具实力的作家的长篇小说、中短篇小说集和散文集等。"中国书籍文学馆"收入这批名家和实力作家的作品，就好比一座厅堂架起四梁八柱，这套丛书因此有了规模气象。

现在要说的是"中国书籍文学馆"这批实力派作家，这些人我大多熟悉，有的还是多年朋友。从前他们是各不相干的人，现在，"中国书籍文学馆"把他们放在一起，看到这个名单我忽然觉得，放在一起是有道理的，而且这道理中也显出了编者的眼光和见识。

当代文学，特别是纯文学的传播生态，大抵集中在两端：一端是赫赫有名的名家，十几人而已；另一端则是"新锐"青年。评论界和媒体对这两端都有热情，很舍得言辞和篇幅。而两端之间就颇为寂寞，一批作家不青年了，离庞然大物也还有距离，他们写了很多年，还在继续写下去，处在最难将息的文学中年，他们未能充分地进入公众视野。

但此中确有高手。如果一个作家在青年时期未能引起注意，那么原因大抵有这么几条：

一、他确实没有才华。

二、他的才华需要较长时间凝聚成形，他真正重要的作品尚待写出。

三、他的才华还没有被充分领会。

四、他的运气不佳，或者，由于种种原因，他的写作生涯不够专注不够持续，以至于我们未能看见他、记住他。

也许还能列出几条，仅就这几条而言，除了第一条令人无话可说之外，其他三条都使我们有足够的理由对这些作家深怀期待。实际上，中国当代文学的丰富性、可能性和创造契机，相当程度上就沉着地蕴藏在这些作家的笔下。

这里的每一位作者都是值得关注、值得期待的。"中国书籍文学馆"收录展示这样一批作家，正体现了这套丛书的特色——它可能真的构成一个场所,在这个场所中,我们不仅鉴赏当代文学中那些最为引人注目的成果,而且,我们还怀着发现的惊喜,去寻访当代文学中那相对安静的区域,那里或许是曲径幽处,或许是别有洞天,或许是,众里寻他千百度,蓦然回首,那人却在,灯火阑珊处……

目 录

朱自清的瘦西湖 / 001

青花瓷铺出的小镇 / 004

三檀抱石 / 007

白荷红荷 / 009

福建过来的泸溪河 / 011

北戴河的河流 / 013

一勺海 / 016

天马岛四记 / 018

花大姐与白天鹅 / 022

在郯庐断裂带上 / 024

吴淞口出海 / 026

徐州街上钓鱼 / 029

窗前的重庆 / 031

心里下雨 / 034

五十岁的微笑 / 036

世界上最美丽的花 / 039

走一回村路 / 042

我们的乡村 /044

白雪似的山峦 /047

赤足樱桃涧 /049

海南岛行 /051

城市森林 /055

芦苇荡淹没了我 /058

春蕾是从哪里来的 /060

太阳从海面上升起 /061

海抱着的山 /063

一片叫黄的海 /066

桨声连云 /069

掬上一捧海水远行 /071

海风之吻 /072

华丽的火星潮 /077

沙滩上的鲸 /079

想象出来的海市蜃楼 /082

灯　鱼 /084

养海带的女孩子 /088

红嘴海鸥 /091

蟹过无味 /097

大海与死亡　/ 104

少年初恋　/ 116

夜走云台山　/ 119

海边卖草　/ 128

伊村出发　/ 139

轻轻地吻一下岚山　/ 141

日本早晨的素描　/ 144

日记上的日本　/ 146

英国和爱尔兰让我叙述　/ 149

陆文夫与苏州　/ 163

抹不去的汪曾祺　/ 165

不死的是爱　/ 168

生命因凄然而美丽　/ 172

中国海岸线上一道风景不见了　/ 174

凝重与致敬　/ 176

向汉旺的钟楼肃然起敬　/ 182

致一个文学人　/ 185

鹰的高度　/ 187

清水茶白水茶　/ 189

跋　/ 192

朱自清的瘦西湖

这次到扬州,是为了看瘦西湖。扬州我是去过多趟的,第一次去扬州在个园里住了十几天,天天都要爬爬春夏秋冬几座假山。去扬州是要玩瘦西湖的,不到瘦西湖等于没来扬州。我大都是徒步游玩瘦西湖的,湖很大,也很瘦,但路很长,走的很累。半天下来,又饥又渴又乏,玩意跑了,诗情画意没了,瘦西湖能留在脑子里的印象只是盈盈荡荡的水,还有五亭桥、钓鱼台、徐园。

过去的扬州在我心里去了也就是去了,玩了也就是玩了,仅是慕个名,图个轻松心情。偶尔一次机会,南通的一个老作家颇有点神秘地问我,你知道吗,朱自清是出生在你们连云港海州的。我是知道一些朱自清身世的,他的祖父叫朱菊坡,在海州供职过,他的父亲叫朱小坡,在海州做过事。但南通朋友一句极普通的话一直在我心里荡来漾去。南通朋友送了我一本他写的《朱自清》传记。幼年的朱自清取名自华,五岁左右迁到了扬州。朱自清一手牵着连云港,一手牵着扬州。我曾为寻找朱自清丢失在海州的出生地失落得哀怨、喟叹,又曾为朱自清出生地的发现激动得爽笑。一条宽阔清亮的河流徐徐地蜿蜒过朱自清出生的故居。你能怀疑,这条曾绽放着朱自清稚嫩笑语的河流飘浮着朱自清的童真、绚丽的想象和憧憬吗？你能怀疑，这条河流没有淌进扬州瘦西湖里吗？

一个朱自清，让我对扬州有了另样的心境。

我在瘦西湖寻觅朱自清，聆听朱自清。

瘦西湖的主人为我们安排乘船游览瘦西湖。水上的瘦西湖在细雨里是另一番美景，另一番心情，另一番喟叹。扬州是水做的。要了解扬州就要了解扬州的水，要了解扬州的水就要了解瘦西湖。

朱自清是了解瘦西湖的，所以他写出了《扬州的夏日》美文。朱自清把人生酸楚的泪水滴进了瘦西湖里，一湖清水给了他慰藉；朱自清把太多的无奈撒进了瘦西湖里，一湖白云堆起了群山；朱自清把高洁傲骨埋在了瘦西湖里，一湖荷花亭亭而立，洁白无瑕。瘦西湖临风摇曳的风情给了朱自清的气质、品格、才俊；朱自清的超凡脱俗给了瘦西湖一道与世不同的飘飘仙仙的风景。你能说朱自清笔下的小桥流水、草木扶疏、月圆花好不是瘦西湖的景致，不是长堤袅娜春柳、徐园红流花韵、长春桥碧水东流、小金山清光水月？你能说瘦怜怜的一介书生朱自清拒不接受西洋人面粉的风骨不是瘦西湖所凝铸的？

承载着数千年历史星光的瘦西湖，因一个瘦而楚楚丰韵，因一条大运河而两堤花柳，因一掷千金的盐商而一路楼台，因几朝皇帝而歌颂沸天，因一个朱自清而瘦得有神有骨。

朱自清写在瘦西湖上，写在水上、荷上、月上、船上、柳上、桥上，写在我的眼里、心里。

时光在瘦西湖上流淌得很快，不知不觉的，朱自清离开瘦西湖八十多个春秋了。潇潇春雨软软地飘洒着戚戚的愁绪。

在如烟的细雨里，我离别了瘦西湖。

雨烟中的扬州是安静的，只有雨声呢喃。在车上，在匆匆中，在市区里，在一闪即逝的风景里，我瞥见一条窄窄的长长的街巷里，挂着一个牌子：朱自清故居。呵，朱自清在这里。这街巷和连云港的海州那条朱自清出生的街巷是那样的酷似，窄窄的，长长的。这让我的思绪像一片绿叶，又飘飘地落到了瘦西湖上。

青花瓷铺出的小镇

到了景德镇后才知道,中国历史上的第一个土陶宫窑是出在瑶里。

傍晚,我们冒着霏霏春雨住进瑶里小镇,群山云遮雾绕,流水如练,穿镇而过的河水清澄见底,河上架着长长的桥木板,像涂着一层油似的,油光光的,古老的街巷像线条一样笔直窄细,里面没有街灯,黑黝黝的,镇上一百多户人家几乎都敞开着门,听着雨丝在寂静中飘洒。

雨是洋洋洒洒下了一夜,当我早早起床去镇上集市时,它已歇了下来。但天依然阴沉。

我感受着瑶里千年青花瓷清新的气息。街巷小道上铺的青石板,虽朴拙,未经雕凿,却也被时间磨得光光滑滑,在雨水里润湿滋青;山是一抹青色,河水从容地流淌着源源不息的青色,人家白墙青瓦,男女老少起了床,拿着牙刷、牙膏,赶到河边,手朝口里掬些水,就刷起牙来;一些老婆婆端着昨晚吃过饭菜的锅碗瓢盆,也到河边洗涮。大姑娘、小伙子端着青花瓷碗,看稀奇似的,站在路边,吃着糯米粉掺合着艾蒿粉做成的青色糍粑,咸咸的甜甜的,香喷喷的。人家的门洞开着,外地人随便进出,碰到桌上有鲜见的土菜，啧啧有声地吃上几口，这家人不仅不生气，还会乐呢。

黎明里的瑶里一枝树叶、一圈涟漪、一柄撑开的纸伞、一辆陈旧的自行车、一缕炊烟，甚至一两声轻轻的话语和咳嗽声，都是青花瓷的色泽、内蕴和质地，她让每一个来到这里的人珍惜而感动着。我们走在街巷里，脚步努力地放轻，话声尽量地放小，生怕惊醒还没有完全睡醒过来的小镇，惊扰了瑶里河里的小鱼小虾，惊吓了站在树杆、屋檐和电线上的小鸟，打碎了这里千年的安静……

集上人头攒动，但一点不喧嚣，不像一些乡村集市人声鼎沸、嘈杂难受。集上大都是卖茶人和买茶人，茶是瑶里人添置油盐酱醋的大收入。卖茶的两手抱着一小塑料袋谷雨前的茶，从街头串到街尾，这么不吭声地来回走，边两眼睃着人群，看有没有买茶的。买茶的几乎都是外地人。也有一对当地的夫妻在收茶，他们摆在茶店门口的桌子上，搁着一个玻璃热水杯，给卖茶的沏茶察看茶的色泽并论价，一边的一个大木桶里盛着收买到的茶。那丈夫端坐在桌前，妻子站在一侧。他俩经营茶叶十几年了。这是两个性情平和的商人，又是一对聪明、厚道、会经营的商人。卖茶的都熟识他俩，他俩也熟识他们，看到每一个卖茶的，都知道他们的茶是哪块地里产的，是高山茶，还是平地茶。有卖茶的要把茶卖给他俩，他俩看看茶炒的火候，就劝说，你是高山茶，是好茶，先卖卖，等等看，若没好价钱，最后再卖给我。他俩收购的价钱也公道，与外地人买的价钱相当，若收购九十五块钱，会给卖茶的一百元，不在乎多付出的五块钱。

集市散得也快，天没彻底放亮，人就走完了。

瑶里的早晨给我呼吸了一口青花瓷散发出来的馥郁的芬芳。我正一步一步走在青石板路上自我陶醉时，无意间，看见一户人家门口的水泥地上，镶嵌的都是一片片一块块青花瓷。同行朋友读懂青花瓷，就说，这是一大笔财富呀，里面有元、明、清的青花瓷。

我们情不自禁地惊呼了一声,怀疑是不是眼睛看错了,要知道,在这里的古代宫窑里,若拣上一小枚青花瓷片,要罚五百块钱的!

　　瑶里氤氲在青花瓷的淡蓝色的气息里。我慨叹,天下也只有她能这么奢侈,还能留有青花瓷的高贵、淡泊和宁静……

三檀抱石

在连云港花果山粗犷深厚的峭岩丛里,福建散文女作家丹娅本来就瘦弱的一个人,一下子显得更单薄起来,让人生出些许怜惜。在江苏海拔最高的玉女峰上,在大团的浓雾里,在峭疾的海风和山风里,她像一张纸,一缕云,一片树叶,飘起来了。她似乎真怕自己飘到了天上,悚惧得失声连连喊叫起来。

雾里的花果山另有一番朦胧陌生的洞天。丹娅眼里的花果山大概都是雾和风了。

一条窄窄弯弯的石板小道,上面有些青苔,看出少有人从这里走过。我们在雾里懵懵懂懂走上这条小道。我不时抱怨来不逢时,让客人扫兴。

突然,丹娅朝我惊讶地叫了一声:"看呐!"

是一处景观,叫"三檀抱石"。

三棵瘦小的只有手腕粗的檀树,灰不拉几的,没有一片绿叶,看上去一折就断裂,可它们紧挨紧地长在三个角上,硬是把一块有棱有角几吨重的大石头抱了起来。

丹娅被檀树抓住了,不走了,细细地看一棵一棵檀树,细细地看着把握在檀树手里的大石头。这不起眼的三棵小树怎能就把一块沉甸甸的大石头抱起来呢！可能想到了自己，她不正是与这三棵檀树一样瘦弱吗，似乎稍不留心就会飘起来，就会折断。看出来，丹娅是用心、用情、用爱看着三棵檀树，想着三棵檀树，疼着三棵檀树，她眼里多了些爱怜，脸上多了些担忧。它们怎能这样一直背负着超常的沉重呢，长年累月的总有一天会折断的。她担心它们马上就会折断。

三棵檀树与大石头接触的部位常年用力、磨砺，结着拳头一样大的亮亮的、坚实的痂，石头的棱角已深深地长在了痂里。

本来毫不相干、各有天地的三棵檀树和石头，在这里竟邂逅相遇。三棵檀树融为一体了，缺一不可；石头与三棵檀树相依为命了，谁也离不开谁。

终于，丹娅读懂了它们之间的缘分，彻悟了它们之间生命和谐的密码，肃然起敬。

雾有些散了。丹娅游兴陡增，要再登雾飞风疾的玉女峰。她像三棵瘦弱的檀树一样洋溢着活力，迎着海风和山风朝峰顶登去。

我想，她是在"三檀抱石"上找到了自己，找到了自己不能承受之轻。

白荷红荷

说是七月流火,其实是八月流火,炎威逼人。一连几天没出门,朋友约去云台农场看荷花,我连连推说,算了,算了,身体有点疲乏,不去。朋友猜出我怕天热不肯出门,好说歹说,迫我不得不走出家门。

我这人是改不掉了,有事心里放不下,说是看荷花,心里便全装上了荷花。到了荷塘前,或许是荷花的宁静带来了凉意,或许是起了小风,荷塘边上的杨柳细梢轻轻地摇晃着,天陡然有了一些凉意,我身子一下爽了不少,心也静了。

看过不少荷塘和荷花,大的荷塘一点不虚空地说,荷叶是铺天盖地,一张张肥厚的绿叶,从眼前铺向天边;小的荷塘有几张桌面大小,几张宽大的荷叶轻易就遮盖了荷塘。这儿的荷塘在远处看,是一碧到底,无穷无尽,近身一瞧,原来有大荷塘和小荷塘,每个塘开的荷花都不同,有的塘里挤满粉红、深红、淡紫色荷花,有的塘里昂满白色、黄色、青色荷花。我见过不少大小不同、颜色不同、姿容不同的荷花,可眼前的白荷花我看上去第一眼就再也没有挪开过,我还知道,我的所有目光会全部留给她的。我见过唇形和蝶形的白荷花,未见过舌形的白荷花,花瓣重叠,瓣瓣紧密排列在一起。

我凑近白荷花，想嗅一嗅花是什么香味，脚下是白亮的水，把我与白荷花生生隔开。我不甘心，脚踏着水，伸长臂膀，够白荷花，巨大的绿叶像有力的手掌阻挠着，不让我接近。我还不死心，脚进了水里，手拨开不停涌来的绿叶，够白荷花，几张绿叶气紫了脸，奋不顾身地冲上前，一边用自己的身体遮挡着白荷花，一边用自己的身体把白荷花顶开。我一手拽着塘边柔韧的、一人多高的菖蒲，身体尽力向塘内倾斜，姿势像一只蜻蜓在点水，伸长手臂够向白荷花。我摸到了白荷花，正想摘下时，洁白宁静的一抹光芒在我眼前一耀，我心一跳，改变了做法，只是小心地采下两片花瓣。美好是宁静给的，白荷花的美好正在于宁静，我摘下她，也就打碎了她的宁静。白荷花的花瓣初闻起来，没有什么香气，需要放在鼻子下细细地嗅，也需要用心嗅，心静了才能嗅出味道。白荷花几乎没有香气，淡淡的一袭香甜，很平和，也很宁静。

我采了一朵粉红色荷花，这次没有费太大的功夫，她开得娇艳妩媚，浓烈的色彩让人、蝴蝶、蜻蜓、水鸟远远地看到一团香气在她碧绿的温床上翻腾。我伸手够她时，一张张绿叶是挤着搡着把她推给我的，摘下她的时候，绿叶真的平平静静。

宁静有了白荷花，宁静有了一塘碧绿，宁静给了白荷花的平常与精彩。

宁静让这个炎热的夏日凉爽多了。

福建过来的泸溪河

河，是灵动的。

泸溪河是灵动的。

开始并不知道有泸溪河，到了鹰潭市的龙虎镇才知道这儿的泸溪河，外地来的很多人都是要看河中悬崖上的悬棺，我倒是被泸溪河一下子抓住了眼睛。

晚霞绚烂时，从福建过来的泸溪河，水面宽阔，清澈如镜，或急流喧哗，或涟漪如纹。我们正乘一叶扁舟去看悬棺，见一中年妇女端坐在竹筏上，急划着桨向我们靠了过来。她的竹筏不宽，用四根毛竹并排扎起来的，上面搁置一个小炭炉，煮着粽子和鸡蛋。我们知道，她是"水上超市"卖粽子来的。到了清境之地，人都会有高雅举止。我们买了两串粽子。粽子是竹叶包裹的，如草鸡蛋般大，一串十个，每串十元钱。中年妇女极为感动。我们走出好远，她依然紧追不舍。我们有点不屑了，她莫非还想让我们吃她的煮鸡蛋？我们不理不睬，自顾品尝咸津津的小粽子，把剥下的竹叶子丢在船舱里。那中年妇女一路追赶，小巧的竹筏在她连续用力划动的木桨下，冲开雪浪，贴着水面，"噗哧噗哧"地追了上来。她嚷着，要拿走剥下的竹叶子。我们一下明白了，她追下好远，气喘吁吁的，是怕我们把竹叶随便丢进河中脏了水。多好的"水上超市"啊，难怪泸溪河这么清净！我们用敬重的目光送她远去。

泸溪河上野鸭成群，家养的鸭子与野鸭同凫在河面上，游船经过它们时，竟旁若无人，置之不理；天上鸬鹚排成长长的"人"字形，顺着泸溪河高飞；两岸人家想吃鱼了，在河边下一小网，只需两个钟头，就会拎起两三斤的大鱼小鱼。

暮色弥漫了。泸溪河上的喧嚣声好像被夜色一下子掖藏了起来，安安静静。我们又看见了"水上超市"，她荡着竹筏，向一个被绿荫环抱的小村庄驶去。我们知道那是"无蚊村"。

一个村庄仅十户人家，一棵上了年龄的大樟树蓬蓬勃勃的，几乎遮盖了全村。说她是一个小盆景一点不过分，三面环山，一面临河。这里夏天没有蚊子，所以家家也没有蚊帐。有专家来考察，说是后山有洞，里面有很多蝙蝠，它们专吃蚊子，所以才有了无蚊村。也有人说，是村里的大香樟树熏死了蚊子。

我想，这村里的人把泸溪河保护得清清爽爽，河水天天流淌，哪有蚊子站脚的地方呢……

"无蚊村"成了泸溪河上的一道风景。

北戴河的河流

　　几次要去北戴河都因故没成行,这次咬咬牙甩开缠身琐事走向北戴河。

　　北戴河一直吸引着我,且不说它是旅游避暑胜地、紧靠北京、国家领导人都在那儿度假,单是北戴河这个诗情画意的名字也让我的心海里浪花有声、瑰丽多姿。

　　我是深夜两点多钟到的北戴河,一场翻滚着的大暴雨即将从我头上黑压压的天空上捂下来,要捂住正睡着的静态得像一条无声无息河流的北戴河。

　　我乘坐的的士简直是一条精灵的小鱼,在北戴河这寂静的夜的河流里灵动地游弋着,穿越丛丛绿树波涛的汹涌,跃出团团花彩的澎湃,掠过层出不穷楼房的大海。夜的寂静甜美地告诉了我这里为什么叫北戴河。是不?

　　想象力是有限的。与我想象的一点也不一样,北戴河不是一溜海滩上几丛绿阴下的红瓦青石别墅,而俨然是一幅山水相依、现代中西建筑叠嶂的玲珑娇媚的国画。

　　有人告诉我,北戴河这个名字的来处,是源自有一条北戴河。河流在大海的烘托下,细弱与沧茫,清澈与深邃,吟唱与铿锵,它就生动、华彩起来。大海也因河流这妙曼的萨克斯生命飞扬。北戴河在中国海岸线上风流倜傥。

白天太阳烤人，我都是在夜色下到北戴河四处走走。北戴河白天炎热，晚上海风漫来，凉风如水，大街小巷都是人，来这里疗养、开会、旅游的人如云如潮。北戴河是秦皇岛市的一个区，常住人口五六万，基本上没有什么工业，旅游是主要收入。国家很多部委在这里都有疗养院，每年六月、七月、八月是让人最舒适的季节。

夜色下的北戴河风景比白天看上去更加丰富多彩、有想象力和生命力，更加真实和耐咀嚼。

几条海鲜小吃街，可以说，来北戴河的外地人晚间大都来到这河流里嬉浪，呼吸人间烟火，没到这里不能说是来过北戴河。我去了。我没有品尝海鲜，狭窄的长不见头的街上那烟熏火燎出来的流滚着的浓重的海鲜气息的云雾已将我熏醉灌饱。街中心人头攒动，摩肩接踵。路上湿漉、沾腻而光滑，两脚踩着鱼虾留下来的体液与泥土混合成的污物，发出吧唧吧唧的响声。街两边一家挨一家的小铺子，几张小桌子，一个柴油灶或电炉灶、煤炉灶。这里海鲜都是本地海产品，原汁原味，多的是海参、蛤蜊、小黄鱼、海肠、虾子、海螺、小仔乌等。做得很简单，有的把海鲜放在开水里一煮，用漏勺捞起来就端上桌子，有的用火烤，烤得海鲜滋滋冒油，升起呛人的烟雾。游人们不远百里千里来到这里，对着山水只是轻轻一瞥，主要精力和要过瘾的是饱尝海鲜，吃了海鲜也就是吃了大海，过了没见过大海的瘾头，见了世面，人生该有的也算有了，不枉一世。吃时，很多男人裸着的上身挂着一道道热乎乎的汗水，女人们身着短衫，一点不忌讳什么，大口嗑大口嚼，滋滋唧唧，吃得有滋有味，只差一点没把舌头也咽下肚子。吃足了，喝饱了，有的女人大大方方打着饱嗝、剔着牙垢。人在这儿找到了本来属于人的自然秉性，找到了生命自由、无拘无束的快乐。乍一看平民的生活艰辛而寒酸，但难能可贵的是烟熏火燎的生活里有着人的坦诚、守着人的真实面孔。这儿找到的享受，在灯红酒绿的宾馆、动辄千元万元的豪华宴席上是永远找不到的。高贵的生活里的虚伪、妒嫉、奸诈常常被遮蔽，拯救那些所谓的高贵者，非平民百姓的日常生活的烟熏火燎是拯救不了的。海鲜街应该是北戴河最豪华奢侈的地方了，也是最动人的风景。北戴河为什么叫河，这条河流烟熏火燎的，我是发现和找到了。

一勺海

　　山海关长城老龙头关口真像一个龙头扎入大海里。那里明明有日云奔合，巨浪排空，波涛铿锵，云水苍茫，却在一块高大的碑上曰为"一勺海"，把自己说的很小，里面的深深思想，抓得我无意饱览其他风景，双手一遍遍抚摸碑上"一勺海"雄浑三字，对着吞珠吐玉的大海，万端感慨。

　　我不知道"一勺海"是出自谁的手笔，碑上没有落款，书摊上的宣传书籍里也没有记载，但我走遍山海关附近的山山水水，能让我念念不忘的，并要写下的就是它。

　　一勺海没有"天下第一关"山海关城楼的巍峨，没有海神庙的仙境，没有入海石城的险峻，没有孟姜女庙终年不灭的香火。它有日复一日坚硬的海风磨砺，有月复一月辣毒的阳光锤炼，有年复一年雷声一样的涛声颠簸。这块碑老了，上面满是皱褶，很糙，很不起眼，像一个蹩脚的老人站在一个寂寞的旮旯里。

　　我细心察看碑上，发现它下半截断过，后接上了小半块新做的碑，涂抹成岁月历练后一副老陈的样子。我心颤栗地一抖。现代人企图用高科技弥补石碑明显的断裂，但还是没有遮掩住，露出了一道清楚的痕迹。

这碑怎么断的，是什么时候断的？

我不知道。

怎么断的，什么时候断的现在已并不重要，再说它反正已经缝补在一起。不过，说明了它不是经典，也不华贵，曾被忽视过、冷落过、抛弃过，是一块丢弃在荒草丛里的普通石头。现在，现代人兴许是要利用它的历史去获取经济价值，歪打正着，让它又完整地站立了起来。真的要感谢花花绿绿的钞票，让枯木逢到了春天。这无意中现代人与过去人心相通了。石碑不再只是块碑，活了起来，有了生命，俨然成了一个人，成了一座山，成了一片大海。

一勺海，也许是那个文人借景言志，在苍苍茫茫的大海前，山海关前这点海水确是有点"一勺海"了，一个文人最满腹经纶、才华飞扬，在一天璀璨夺目的星河之下，在无边无际的大海面前又算得了什么呢？

一勺海，是大海，是宇宙，是人生。

一勺海里有寻夫不见哭倒八百里长城的孟姜女，有明代开国功臣徐达修筑山海关长城的号子声，有爱国名将戚继光亮剑击杀敌人的呐喊声，有穿过山海关城楼的康熙、雍正、乾隆、道光，还有吴三桂引清兵入关的马蹄声……

一块碑写着过去，照着今天。世上山山水水间竖有密密麻麻的大碑小碑、高碑低碑、贵碑贱碑，都是想把思想留下来，让后人也能那样去做，也是怕后人不再会有那些煌煌的至理名言。真的给前人想到了，看看现在忙忙碌碌、浮浮躁躁的人，大多数想着自己的私利，有几个是真正想着"先天下之忧而忧，后天下之乐而乐"的呢？现在很多人比前人聪慧，只不过他们把聪慧用在了私利上，他们似乎看破了人生。他们虽然常常重复前人的思想，可很难得到前人的襟怀和践行出来的蕴有宇宙气度的朴素思想。

一勺海，波涛万里，浪花吐雪，声撼山海，思接千载……

天马岛四记

莒南

连云港与莒南,一个属江苏,一个在山东。他们像两兄弟,地挨地、河连河,紧紧依偎在一起。

连云港很多人来自莒南,我丈人就生自那里。听说,那儿没有山,没有大片的水,只有看不到边的黑土地,还有零星的村庄边几棵白杨树的绿叶,在太阳下闪耀着银子一样的亮光。

乡村公路,柏油的,干净整洁,两边花草争艳,送我舒坦地到了天马岛。

我是带着丈人的感情来的,用丈人的眼睛寻找已远去的记忆。

没办法,淡淡的惆怅闪在眼里,丈人的记忆不见了。

也许,假若丈人来了,对着擦肩而过的陌生景物,心情会万里无云,激动得老眼饱含热泪。

在这儿,他找到了父亲、母亲、爷爷、奶奶,找到了这辈子活着的理由,就是为了这块土地。

天湖

游天马岛从天湖开始。

有湖,心情不会差,游兴也不会低的。

天湖并不大,说是比杭州西湖大三个,而西湖并不大。站在马鬐山上,朝下看,天湖,就是那么一块,像翡翠。船到湖里,天湖有了想象力,无边无际,四周迤迤逦逦的山峦缥缈在云纱里,像海市蜃楼,"山疑画里看,水作琴中听"。

人的心情好坏,常决定于山水。尤其是水。人离不开水,山也离不开水,最好的山没有了水,是死山。

人的想象是从水开始的。

我对天马岛,对这一天旅程的开始的想象是从天湖开始的。

想象是能看到、摸到的。

湖面上扩散着的一轮一轮涟漪是美丽的想象。

山涧

马鬐山是天马岛的一座山峰。

马鬐山上有一条山涧,清水潺潺。这样的山涧见的太多了,大凡风景区都有,一点不稀奇,只是在游人累的时候能听听水声,在里面洗洗手、泼泼脸。

莒南人会做事,把一条普普通通的山涧抉剔得淋漓尽致,没丢下一点遗憾。他们顺着山涧,铺上一块块不大平整的石头,让游人在漫过双脚的涧水里踏着,像登云梯,一个脚印一个脚印,攀上山顶。

我小心,没敢贸然到山涧里走。山涧里的脚踏石万一生了青苔把我滑倒怎么办?

不少年轻人从山涧里走。当代人追求新奇。

我又怀疑起自己,是不是多想了,水漫石头还没有生青苔,还在走人的时候,我就冒出会生青苔滑倒人的念头,我怎么就能知道它一定会生青苔、滑倒人呢?即使哪一天生出青苔,聪明的人难道就不会想出新的办法,不使人滑倒吗?

想的太多,什么事也做不成。

人生来有弱点。

我有弱点。

不过,人就是这样一点点进步的。

我不禁莞尔。

缆车

要上马髻山金顶。

有人换上这里事先备好的胶底布鞋,我像多少次上山一样,故我地穿着皮鞋。

这天,索道检修。我正准备捋袖上山时,索道又专门为我们开启了。

穿胶鞋的人几乎都安步当车。我坐上了缆车。

快上金顶了,忽地,缆车刹住,一只只双人包厢,像一串冰糖葫芦挂在半天上,让轻风随意地拽来推去。我担心,这时要是起大风,会把缆车吹掉下去的。

坐在我身边的莒南籍人、作家赵德发坐不住了,打手机问风景区的人,怎么回事?那边答,没问题,是检修间开车要协调。

在半空里被挂了十多分钟,时间像很长似的。我冒出了很多怪念头,大多是后悔,坐缆车干嘛,早该步行上山。

上了金顶,早已步行到了山上的同行听了我们的事,乐了,说,公平,有得便有失。又说,明看我们赚了,其实,是他们赚了,我们亏了。

马鬐山上的天说变就变,早上出来阳光明亮,这阵就暗了下来,凉风也来了,毛毛雨洋洋洒洒飘起来。

山上的庙宇、古寨、瀑布、无字碑等等,在密密的雨丝中朦朦胧胧,表现出别有一番的美境。

我们有点狼狈,两手遮在头上,慌慌地深一脚浅一脚地逃进缆车里。穿胶鞋的同行也坐进了缆车,谈笑风生。

我想,他们这次坐缆车下山是赚还是亏了呢?

我坚定,他们应该是赚的,怎么会亏呢?

花大姐与白天鹅

烟墩角是世界上最美丽的一个小渔村。

天一冷,成群的白天鹅从遥远的地方翩翩飞聚到山东荣城偏僻的烟墩角。几乎是在同一时间,全国各路的摄影好手不约而同地追着白天鹅的倩影纷至而来。

白天鹅一般十一月来到烟墩角,过了正月就飞离开了。烟墩角山峦不高,却青青苍苍,海湾不大,却风平浪静,鱼虾丰美,村舍普普通通,却人善平和。白天鹅也许认准了烟墩角的人,无论漂凫在海面上,还是彳亍在滩涂上,低翔在村舍上空,完全是一副悠然、自在、安详的自由自足神态。它们飞起来的时候,像星星布满村子的上空,落下来的时候又像一层白絮铺满海湾。

花大姐家简朴的两层小楼,守望在一湾海边,守望着飞来飞去的白天鹅,守望着一个一个摄影人。

我慕名住在花大姐家里。五湖四海来的摄影人都喜欢住在花大姐家里。一位佳木斯的摄影人每年都要来花大姐家住下,这次为了拍摄白天鹅已经住下二十多天了。花大姐腾出最好的房间给客人们住,摄影人摄影创作不分白天黑夜没有个准时间,她随叫随到端上热腾腾的鱼虾和大馒头、烧酒,收的钱倒很少。花大姐姓花,四十几岁，一副海边女人常有的粗糙、黑红的脸面，操着一口朴朴实实的胶东话，开开朗朗。摄影人不分老少都喊她花大姐，她高兴听，满脸是笑。

腊月里，烟墩角寒冷得生烟。天蒙蒙亮，我和几个摄影人赶到小码头上，拍摄白天鹅从海面上起飞时的姿态。峭风穿透厚重的棉衣，小码头上冷得站不住人，手中的数码相机被冻得也失灵了。我们加入到潜伏在一溜海边的摄影人群里，所有摄影人伏卧在雪地里，把长短不一、粗细不等的镜头齐崭崭地瞄准大片的白天鹅。拍摄一只白天鹅的姿态有时需要几天和几周时间。白天鹅怕见人，摄影人在一个地方等待一个镜头常常一卧就是半天，冻得手冷脚麻。难熬的时候，花大姐出现了，端上一碗蒸蒸热气的生姜汤，喝了，又有了精气神。回到花大姐家里，她没少唠叨嗔怪，却手闲不住，帮摄影人烤鞋子，烘袜子。

我们没有拍出理想中的白天鹅姿态，一趟辛苦眼看泡汤。天漆黑，没月亮，雪花洒，天寒冻。花大姐带我们坐上汽车，到了海边，用车灯照着海面、滩涂，洁白的灯光下，一只一只白天鹅竞展自由，灵性四放，姿态万方，美艳尽收。

拨开雪花，我温热地望望头上扎着花格毛巾的花大姐：多好的一个山东大姐呀，她用自己最质朴的感情，把世界上最美丽的东西奉献给了我们。

在郯庐断裂带上

　　人的降临意味着开始捍卫生命。为了证实宇宙和这一个有水有空气有海洋的蔚蓝色的星球存在，大自然鬼斧神工地孕育出开天辟地的人类。

　　东海县郯庐断裂带，是大自然大运动、大错位、大移动、大浩劫的结果，巨大坚硬的岩石被从中间严整地扯开，轻而易举地，随心所欲地，一块被丢在桃林镇，一块被推到了千里之外，平坦的大平原被掰得沟壑纵横……

　　人类在天地之间渺小脆弱得微乎其微，经不起来自大自然的任何轻轻地一击。捍卫生命，是人类毋庸置疑的选择。

　　在郯庐断裂带上的李埝林场的人们，抗衡自然、征服自然、改造自然、嘘枯吹生的峭峻风骨让人钦敬。这是一片在丘陵上的沙石红土地，浅浅显显的，几十公分下是铁一样生硬的花石头，一年四季大半干旱，天上落下的雨水，转眼间，不留一点痕迹就没有了。

　　李埝林场诞生在这片不毛之地上，这注定了生存的人们要艰辛度日。既然要艰苦卓绝，便熔铸了他们勇猛强悍，铜头铁额。荼毒生灵的自然环境经不住他们的抗击，沙石红土上不可思议地出现了一片墨绿色的松林，一片一片果林看不到边际，一垄一垄麦子黄得如金。红土地上没有水，却有一排排红瓦房的人家，他们有牛、有羊、有狗、有猪、有鸡、有菜园、有水井。这里一切的生命是人给予的，是他们用木桶从几里路外挑来润活的。春夏秋冬，周而复始，重复一个永恒的生命主题。

　　自然是不可战胜的，这点道理谁都知道，然而，人类只有去抗击自然，甚至占胜自然，才能争取到自然对人的一点尊重，和谐相处。人抗击自然是不可穷尽的，一代又一代，生生不息，锲而不舍。人在对自然的求索过程中，体现出生命的无限意义。

吴淞口出海

夜色完全飘落下来了，我乘坐的客轮从上海吴淞口徐徐启航。

第一次江上乘船，我新鲜又好奇，原本可以坐车到羊山或宁波再乘船去岙山的，实在是吴淞口江和海共流诱惑力太大了，我想舒舒服服地躺卧在床上，透过舷窗，欣赏着岸边的风景，或踱步船首，迎着江风，看船首破开江水，拽着一江浪花，冲出狭隘的吴淞口，瞬间在辽阔的大海里风流倜傥，这该是何等的惬意和豪情呵！

我的眼睛几乎被夜幕遮住了，两岸上的东西看来朦朦胧胧，依依稀稀如同灰色的起伏绵延的山峦。船下的江水看得见，没想到黄埔江的波涛像大海一样汹涌，扑在船舷上嘎嘎地响。从远远的海上刮来的风又硬又猛，让我早早地领略了大江与大海那力量与力量、博大与博大撞击在一起时的宏大壮观景象，听到冲起的水柱呼啸声、跌下的瀑布巨大轰鸣声……

当我正被夜色遮盖了要兴致勃勃去发现两岸精彩内容的眼睛而悻悻然时，突然间，两岸天地之间绽放出一片片、一簇簇红的、绿的、黄的、紫的五彩缤纷的花朵，流光溢彩，光华遍地。喜出望外盈满我的目光，那是现代化的工厂数不清的灯火，那是层出不穷的高楼光怪陆离的霓虹灯，那是高速公路流水般的灯彩。船上的旅客全都涌动起来，舷窗前挤满了人，舷梯上站满了人，不让旅客随便走动的甲板上也有了不少旅客，四处都是旅客喊喊喳喳的惊喜议论声。有不少是上海人，他们也被从未见过的夜的瑰丽灯火所惊讶得脸上闪耀着激动的光彩，不时发出惊叹声。

吴淞口有多长，两岸的灯火就有多长。

船在吴淞口里走了一个半小时还没有走入大海。我第一次知道吴淞口到达大海这么远的距离。

看不到连绵不断的灯火时，船就进了大海。我没有欣赏到江水与海水相拥相吻的激情演绎的那瞬息，这不是天黑的缘故，全是时间稍纵即逝，一不小心就晃了过去。

海上没有了灯火，全是孤寂的黑暗，乌云打滚的天空和滔滔不绝的大海混同一色，差一点分不清谁是天谁是海了。我睡在床上，满耳响亮着客轮上机器沉沉的发动机声音，回彻着海上无穷无尽的波涛扑打船舷响起来的让我总是隐隐担心船的安危的声响。我眯起眼，心随着沸沸扬扬的波涛滚滚荡荡，怎么也睡不着，也静不下来。我索性走出去，下到甲板上。周围没人，呼呼响的海风和浓重的海腥味包裹了我，我抓住身边门上湿漉漉的把手，生怕一不小心被强势的海风拽到海里。我任海风抓着、撕着、揉着，我故意这样做，心甘情愿这样做，做了，才觉得不虚此行，心里舒服。我突然间冒出一个念头，想看看船下灯光里的波涛是怎样的千姿百态、怎样的激情演绎、怎样的千树万树梨花开、怎样的诡谲、怎样的惊心动魄。朝着生着冷意的船舷和船舷外黑色的大海望了望，我觉得那是悬崖，下面是激浪奔涌、电闪雷鸣、冰冷彻骨的万丈深渊，是能瞬间吞噬世界上任何最强大生命的无底黑洞。我犹疑不定了，看看周围有人没有，哪怕有一个人站在身边，也会给我带来勇气。周围没有人，只有呼呼响的海风和船下翻腾的波涛。突然间，一只山一样高大的轮船从旁边威风地驶过，驾驶台上的灯火像天上的一团星星、海上的一簇火焰，吸引着我，照耀着我。那灯火向我呼喊着，焚烧着黑暗，挥舞着光明的手，拉着我，毫无顾忌地走向船舷。波涛在船下暴躁着，折腾着，吵吵嚷嚷。船在波涛上颠簸着。我急忙看一眼船下湍急得陌生的波涛和无穷无尽的黑暗，马上掉身快步地回到客舱里。

在黑暗里才知道灯火是有生命的，地球上的生命在于她的启迪才获得不竭的勃勃生机。

我一夜没有睡觉，看着、数着海上的灯火。

徐州街上钓鱼

去徐州，朋友豪气地要请我吃上一次丰盛的鱼宴，还说是他亲手钓上来的鱼。我不大相信，没有听说过他会钓鱼，只以为他是嘴上说说，调侃，闹玩的，是要拣回多年前丢失的脸面。那次，我从徐州转乘火车，去朋友家蹭饭，他知道我爱吃青鱼，从街上拎来两条青鱼，要让我过过嘴瘾。尽管是六月，绿肥红瘦，鱼儿旺长，但那两条青鱼一点不大，瘦瘦小小。鱼红烧出来了，红红亮亮，鲜味丝丝缕缕萦绕着，我嘴里没鱼，可鲜味早已荡荡漾漾，舌尖上的馋虫被勾引得两眼滴溜溜地转，不能自抑地翻身打滚。我手中的筷子迟迟未动。朋友看出我不好意思下筷子，鱼小，怎能耐住大口地咀嚼呢。他脸上有点窘色。后来再见到他时竟然脸上还有些隐隐约约的窘色。

这次，朋友真的带我去街上垂钓了。

徐州街上能钓鱼，怎么钓？我知道这座城市是少水的，水少又有多少鱼可垂钓呢？

徐州早不是过去了，已成了水做的城市，欸乃一声湖水荡绿。徐州大街上有湖。繁荣纵横的大街上，除了有最大的云龙湖，还环绕着翡翠般的大龙湖、金龙湖、九龙湖、九里湖四个湖。五个湖像五片巨大的荷叶，让徐州整整一个城市仿佛变成一片湖，凝着碧色，一条条宽阔的大道宛若荷叶上的一道道筋脉，高楼、车流、人流、花园，一切的一切，如同滚动在荷叶上亮闪闪的水珠。

眼前的风景醒亮，是我从来没有见过的。一幢幢文化高楼雅诗兰黛，偎依着绸缎般的湖水，像一朵朵花儿，扶翠吐蕊，亭亭玉立，激情地绽放着。湖里微软的涟漪唱着歌给树梢上的鸟儿和水中的鱼儿听，湖里摇拽的芦苇荡用清丽的身姿招来陌生的水鸟踏着水花舞蹈，白云用干净的影子不时擦拭着湖面和湖边的人，高楼用强悍的气象塑造着湖水的细柔亲昵。

朋友站在一个一个垂钓人中，安静地端着长长的竿子垂钓，俨然成了一道景致。街上往来的人留住步，闲散的像欣赏国画一样赏心乐事地品评着他们。湖面清纯如镜，宁静似荷，让我怀疑这里真的能钓上青鱼？

湖里真的有很多鱼，有的人钓上来了青鱼王和鲤鱼王，所以称王，主要是它体重，个大。朋友钓上来几条青鱼，没有什么可称王称霸的，但个头不小，有几斤重。他乐得直说，够吃了，吃不了。我说，还用吃吗，早已看饱喽。朋友说，吃鱼不如钓鱼，吃鱼是口福，钓鱼是境界。

我拿过朋友的钓竿，也钓鱼，想找找我的境界是什么样。我钓了一条鲤鱼，却没有找到什么让我特别舒服的境界。我说，钓鱼不如看钓鱼的，尤其在街上看钓鱼的，能在物质世界里享受精神世界的人有几个？

朋友钓的鱼没有吃，而是作为徐州地方一种稀罕特产，让我带回了在海边的连云港家里。

窗前的重庆

天没亮，我就睡不着了，初到重庆，急着想看一看这座有名的雾都山城的模样子。拉开窗帘，天黝黑，楼下街灯昏蒙蒙地照着路上三三两两在寂寥中行走的人。

不知不觉，我又睡了。再从睡眠中睁开眼睛时，天已麻花亮了。一只小鸟站在窗前，时不时地激动地抖动着亮闪闪的翅膀。我静静地望着小鸟，很新奇，没了睡意，更急切地想张望窗外能让小鸟快意的梳羽和婉转啼叫的这座城市。

小鸟飞走了。小鸟拽着我的目光，悠然地飞进一片树林。我这才发现，窗外是一片深浅不一的绿色。重庆原来是一大片森林呀，无论是几十层的高楼，还是五六层的小楼，几乎看不见白光光的水泥楼顶，都是一团团、一簇簇的绿叶，这都是些生命力极强的树，李树、桃树、槐树、柳树、桂花、香樟、夹竹桃、忍冬藤、夜来香、何首乌、腊梅，还有很多，它们一棵棵或粗壮或矮小的，像一滴滴水流到一起，成了绿色的大海大湖，一眼望不到边，波涛连着波涛，恣意张扬。有的楼顶上是青山绿水，简直是把江南的苏州园林搬来了，绿树藤蔓间，亭台楼阁，清流缠绵，小鸟婉啼。晨练的人有的在树下跳扇舞、有的在花圃间打太极拳、有的在亭台里吊嗓练歌……

　　大街小巷、沿江河岸、山坡大道，都是黄桷树，粗壮的有两人合抱不过来，看出是被时间历练过的，有细小的像一根竹子般大小，一看便知是新栽的。黄桷树是重庆本乡本土的树，叶子乌绿乌绿的，四季不落叶。新栽的银杏树粗粗细细，在习习微风里晃晃悠悠的翠叶，让我浮想到要不了多少时日，秋菊登高的时候，银杏满树的金黄叶子会一下子照亮山城，"满城尽带黄金甲"，满城浮动的和风阳光，满城飘拂的诗歌散文，满城荡漾的心旷神怡，使山城人对自己的城市陌生起来，怀疑起来，这是我的城市，这是雾霭的重庆？

　　谁不爱绿叶？重庆人爱树、爱绿叶，像疼爱自己的嘉陵江和长江，像疼爱自己嘉陵江和长江上纤夫的号子一样。我来重庆的飞机上，身边坐着一个重庆人，言谈之间，他对重庆的绿色生态真是喜形于色，溢于言表。在他眼中，无论是花城广州、春城昆明，还是云南的香格里拉、丽江古城、四川的九寨沟都不如重庆，他的重庆树木生态在全国数上第一。我将信将疑。不过，从他的谈吐中我肯定，重庆人爱树爱花，心里装着树装着花。重庆街上要栽树，重庆男女老少饭前茶后谈栽什么树，他们品头论足，说得头头是道。有人说栽银杏树，马上有人摆上一堆不同看法，说，银杏树秋天落叶，没有了树叶的树不吸收二氧化碳；还有说，银杏树冠形状不美，树冠的形状像一把未打开的伞，树阴小，重庆春末、夏、秋那三季的太阳很厉害，在银杏树下不能歇凉。

　　重庆人爱四季常青的黄桷树。黄桷树遍布重庆，家乡的树，枝枝叶叶出落得也招人喜欢。

　　我的窗前都是绿叶，都是绿的云，绿的水，绿的空气，绿的风景。绿色庇佑着重庆、温润着重庆。绿色的马路河流里，泛动着一个个、一行行、一串串、一排排运动着的生命，如同大海里大大小小的生命，高架桥上的轻轨电车无声息地滑过闹市区，哪朝哪代的牌坊几百年不变，一个姿势，望着行人匆匆忙忙地来来往往，大大小小的公交车、甲虫般的的士，显示出绅士一样的风度，有礼貌地先让行人有序地走过斑马线……

　　我眺望着远远的一片绿色，小鸟飞进去的一片绿色，想看到它。我是多想了，怎么能看到它，重庆这么多的绿，它能在哪片绿的风景里，这么多的小鸟，哪只小鸟又是它呢？没有看到小鸟，在绿的气息里，我分明见到了重庆的火锅和爱吃火锅的重庆人，火锅火辣辣的，吃得男人赤膊露背的，可我眼里的重庆男人没有火辣辣的，他们像嘉陵江和长江在重庆流淌一样显得平平和和；我分明见到了重庆小女子，她们的俊俏、水灵，让外乡来重庆的男人忍不住说好，让外乡来重庆的女人忍不住看了再看……

　　是绿的温润呀！

心里下雨

酒是好朋友。我与几文友中午喝酒喝到下午，突然间酒劲发作，开车到了花果山下的大圣湖边。玩湖是假，到朋友家玩玩是真的。这是一个来往近三十年的朋友。近些年我们走动少了些，他少到市区，守着属于自己的一方青山绿水、雕檐小楼，整日埋头在茶地里、或是用葡萄、苹果、梨、石榴酿造什么酒，间或，有了灵感，写写诗句文章，除自己玩味外，拿到外边发表出来，赚几个小稿费，有时获个奖，那奖金还不菲呢。我忙于繁琐工作外，整个心思扑在儿子学业、工作上，少有其他心境了。

我一直记着，曾在十多年前的一个下午与几文友到这朋友家来，在夕阳西下的山上采摘野花椒，伴着让人昏昏欲睡的灯光喝酒吃霉干菜。这像一幅画收藏在我心里，似一泓泉水活在我眼里。

我们到大圣湖边时，天已经开始黑下来。初冬冷清的寒楚里，天上飘浮着云，掉着零星的小雨滴。

湖上为我们演绎出如梦似幻的风景。我们没有马上去仅在咫尺的朋友家里，留在湖边，有滋有味地看起来。

湖上的云雾压得低低的，薄薄的，几乎擦着了湖水，映衬得湖水清又蓝。远远的山峦像被云雾托起来似的，在半空中飘浮。云雾或浓或淡,把山峦真真实实地勾勒成一幅江南洞庭春色。

我们简直不忍心离开眼前的美景。转身要离开湖边时,近在身边的大山的巍峨气度又让我们站住脚。湖上的云雾与岸上的大山隔着不远,则是两重天,一边是虚虚缈缈,一边是真真实实,形成强烈反差。站在这或虚幻或真实的世界上,一下子感觉到我们每天生活的空间,不就是真实与虚空的社会吗!

到了朋友家里,他和妻子把家里收藏起来的山珍全都拿出来,做了满满一桌子稀罕菜肴,劝我们不停地吃。我们喝他酿制的石榴酒、苹果酒,饮他种的、采的、炒的云雾茶,忘记了很多烦恼和不快的事,忘记了外面不知什么时候下起来的滂沱大雨,忘记了时间悄悄然无声地过去。

朋友谈兴勃勃,恨不得把我们这些年没见过面他所听到的和发生在他身上的事全都讲给我们听。

我看着、听着朋友的讲话,心里不由自主倒腾、回味着刚刚在湖边看到的云雾和大山。朋友不就是真实的大山吗,只有属于土地的人,把自己交给了土地的人,才会有这真实。我这样的社会人,怎么会真实?太真实的我怎么能存活在这社会里?人大都两个脸,我也两块脸,一块是真实,一块是虚空。说虚空是客气的话,是给留了点遮蔽羞辱的颜面,说实话,应该是虚伪、虚假、虚无、虚荣……

那晚雨下得很大、时间很长,外面四处响着湍急的水流声。一场雨后,湖水会更涨了,云雾会散尽了,山会愈发青翠欲滴。我从农村回到市区,心里一直下着大雨,不得安静。

五十岁的微笑

我走在桥上。

这是人生必然要经过的五十岁的桥。

三十岁、四十岁时,我心里根本没有想过自己的五十岁,觉得这与我无关,登在人生旅途华彩如梦的山巅上,仿佛天天能听到小草在歌唱,常常迎风开怀,顾盼神飞,理想饱满得闪闪发光,五十岁这个字眼离我还很遥远很遥远。五十岁是什么,用老百姓的话说,是半截身下土。过了五十岁,那五十五、六十岁就在前面守着了。五十岁是个准小老头子,画饼充饥的事情是不可能再做了,缤纷的理想在云里雾里已朦朦胧胧,看什么更实际更现实了。

好过的日子没留心过去了。

我眼睛读书看报吃力时,才恍然醒来,眼睛老花了,是四十八岁的人了。有老领导感叹说,人到五十,去娱乐场所唱歌都不行,那里都是年轻人,心里别扭。

我真有点忐忑五十岁。忐忑雪白的胡子,忐忑老花的眼睛,忐忑失去的激情。

五十岁在我眼里,峭壁肃立,星空寂寥;海风拂面,波浪无声。

但我无法拒绝五十岁,无法拒绝恒进的时光,无法拒绝属于我的年轮。

我很注意我站在五十岁门槛上的这一天。日子平平常常，我上我的班，忙碌的爱人也没有记起我今天是五十岁。我从来没有摆宴过生日，没这习惯。但这天，我对爱人说："今天我生日。"

她想起来了，说："是哟，你五十了。"

我以为她会很介意我的五十岁，甚至能做碗寿面给我吃，不想到，她说："真快，五十了。现在六十都不算大，五十正是人生最年富力强的时候。"

我点头称是。

这一晚，我独自在星光下散步，想要丈量走过的五十年。五十岁了，我感觉自己没变，依然还是昨天的我。

我来到一座大桥上。河流里涨满如霜的月光，流水宛若一条条银色的小鱼奔跑着。我走过桥，再看大桥，发觉，人没有变，心境变了。人生的五十岁，正如同桥，从此岸到彼岸，把人从茁壮的春天、蓬勃的夏天过渡到果实累累、风景如画的秋天。历史从来都是好戏的开场，人生的精彩好戏出在五十岁，常常能够绽出秋天里的多姿多媚的春天。这样的例子遍地皆是，太多了，举不过来。国外国内的政治家、科学家、文学家，经济学家，大多数都是在这个阶段才华横溢、声誉鹊起、如登中天。

我在桥上看见了河流里万类霜天竞自由。

五十岁，一个文字符号，生命的大兴不会因时间递进嬗变。要懂得五十岁只能站在五十岁的桥上才能懂，那是从三十岁、四十岁走过来的人，有过努力艰苦卓绝追求生活美好的身影，有过在生活河流里沉陷和挣扎，有过对什么都无所谓、不屑一顾地轻飘，有过对人不恭诋毁、骂骂咧咧后又羞赧得无地自容，有过自豪的事业发展……这样，才会知道，地球上为什么有春夏秋冬，流淌的河水为什么结冰？芦苇为什么绽放如雪的絮花。这样，才会走过五十岁的桥，心境才会恬淡安适，纯洁温热，才能让智慧与创造相伴相随……

我从五十岁的桥上已走过来几年，心里看到听到的，依然是年轻时几个理想的太阳照耀着我，几个青春年少的月亮对我吟唱着梦想……

世界上最美丽的花

也许，母亲见过玉兰花开放，并且采摘过，感动地嗅过它的芬芳，但她一点点不知道它叫玉兰花。

玉兰花姿态和容貌高雅得像是天上飘游的一朵朵白云，与一个字不识、经常穿着打补丁衣服的母亲原本无论如何也联系不到一起，只因它如同雪一样洁白无瑕，晶莹剔透、粉妆玉琢，与栀子花一模一样。

母亲喜爱栀子花。我们小镇上几乎家家都有栀子树，我家院子里有一株蓬蓬勃勃、欣欣向荣的栀子树，我还没有见过比我家大的栀子树。每到五月，开放的一朵朵碗口大的花儿，像白雪披挂满树上，遮得看不到绿叶，闹得院里院外香气弥漫，蜜蜂翩飞，大人小孩欢声笑语，走路劲抖抖的。

我们兄弟三人，没有姐妹，一家五口人，只有母亲一位女性，我们像巴望春节快快来到一样地盼望栀子花早早开放。栀子树一结青嫩嫩的菁葵，就成了母亲的心事，她最忙碌、最累、最烦心，每天还都留心着花菁葵长的大小，看是不是露出一丝白色，鼻子贴在上面，嗅嗅是不是有了香味。母亲常常嗅着花菁葵，说，有香味了，花要开了。我们只是笑，一丁点青菁葵。怎会有香味呢？

母亲头上插的第一朵栀子花不是我们家的,是在街上买的。海边山坳里的人家的栀子花开得早,是海的温润,是宁静的滋养。母亲买花舍得花钱,一点不心疼,一次买上五六朵含苞待放的花骨朵,回到家里用冷水浸泡在碗里,每天早上都有花开放,母亲头上每天会有新鲜的花儿戴着。

我家栀子花开时,母亲头上插着花,身上装有花,衣服纽扣眼里也别上一朵花,还让我们衣袋里放上花。邻居家都有母亲送的一朵朵花,一时花开全家,香溢小镇。母亲头发梳得更勤了,眼睛更亮了,说话更甜了,笑声更美了,走路更有神了。我们兄弟开心极了。

栀子花凋谢了,枯萎的栀子花母亲也珍爱得不肯舍弃。这花儿也疼人,泛黄了,瘪了,像真的死了一样,残香依然撩人,母亲把它插在头上,装在衣袋里,盛在碗里。最后,用栀子花做成枕头,余香不散,相随相伴。

花随人性。母亲离我们去了,我家那株栀子树也就去了。只有母亲懂那株栀子树,识那株栀子树,疼那株栀子树,给它浇水、施肥、剪枝、捉虫子,给它的根部在冬天裹上一层厚厚的塑料布。栀子树离去的那年春天,一夜间,从上到下,枝枝蔓蔓,都枯败了。后来,从根部又生出一株新枝,抽出几片新叶,原以为是病树回春,哪知,没两天,青嫩嫩的叶子失去了活泼,死了的叶子像一张破旧的纸。

小镇上的栀子树少了,在春季看到玉兰树托举起来的一朵朵圣洁的白玉兰花,会想起栀子花,似乎又嗅到那久违的花香。栀子树少了,玉兰树多了,栀子花少了,玉兰花多了。我没有闻到过玉兰花的香气,它有没有沁脾的香味呢?看那如同栀子花一样的光泽,一样的花瓣与性情,一样的娇媚与品质,我能看到那花魂摇播着的袅袅娜娜的香气……

栀子花和玉兰花,天下的花都是给女人准备的,给她们开,给她们妆点，给她们看。没有花，女人会失去颜色，世界上也许就不会出现"花容月貌"、"美丽"、"妩媚"的华丽词句。花与女人争艳。花衬托、打扮着女人，要不女人的美又能从哪儿来呢？女人懂花，花懂女人。没有女人，花不会叫花，或许就没有花，有了也是多余的。没有花，这个世界还有意义？还能有泉水、阳光、鸟啼、音乐？还能有歌声和笑声？这个世界美妙得布满玄机，造物主造就世界显示出无穷无尽的想象力，尽善尽美，美轮美奂，有阴有阳，有海有山，有男有女，有女有花。

花延续着女人的生命，女人延续着人类的生命。

栀子花唤醒了母亲一个朴朴素素女人的渴慕美丽的天性。

走一回村路

离开云门寺二十年了。重去那里是二十年后,只是在熟悉的陈旧的散发着霉烂气息的村部里稍息,在一片苇荡里走了走,就沿着那条曾走了千千万万遍的留下深深辙印的村路大步流星返回了。

一切都是在梦中,我以为。无论是在云门寺的三年峥嵘岁月里,还是后来做一个匆匆过客,我一直怆然地以为是这样。吃的苦,受的委屈,遭的磨难,算什么,既然你要生活,就要有所付出,就要劳其筋骨,就要感受生活意料之外的冲击。

走走云门寺吧,走走它毗邻的江庄村吧,走走黄九埝今天高楼林立现代化的开发区吧。这是一种人生哲学,这是体验大自然的强悍的生命张力。这里曾是五洋湖,是海峡,两山夹峙下的一片汪洋包孕着无数盎然的生命。面对雄浑的山脉,厚重的土地,葳蕤的大树,生生不息的人类,怎能相信它们曾几百年、几千年、几万年寂寞地淹没在海底,怎能相信这里曾乾坤大地,日月星辰,汪洋恣肆,森罗万象。大海退避成山脉和土地,这历经了几千万年呢?陵谷变迁似乎都是在梦中完成的,在梦中历经了季月烦暑,流金砾石,聚蚊成雷,封狐千里。

在一九七五年十二月,也就是我下乡插队在云门寺当知青的年代里，依然看到、感受到五洋湖气吞万里的磅礴气势，寻找到五洋湖的象征物，一块像五只羊耐人寻味的石岩。声势浩大的大海已退缩到五里路外的板桥镇，但它还不肯罢休，一条河流羞羞答答地从大海迤逦而来，横穿广袤、平坦、坚实的五洋湖土地上的盐河，不塞不止，波光漾漾，撩人心思。

大自然的甘霖滋润造化了山清水秀、人杰地灵的神话般这一片土地。偌大的村庄，笼翠蔽荫，山上青竹、泡桐、松柏，河里鱼虾、螃蟹，鳞光闪耀，地里稻菽、小麦，滚滚千重波浪，村庄里，鸡鸣鸭叫，犬吠相闻。曾与我相处的人们质朴可敬，璞玉未雕，没有良深的芥蒂，没有羁绊的阴影。我为曾拥有过的那一片泱泱沧沧的五洋湖而人生丰足，为曾做云门寺一个普通的社员而殷实。

重走云门寺下得到的印象是在意料之中的事情，时间改变一切，人在改变一切，高耸的烟囱吐着袅袅的黑烟，一家家钢筋混凝土结构的小楼让我陌生得不识谁家，牵着大海的盐河边筑起了电视差转台……一切的一切，在存在了几千万年的浩渺烟波的五洋湖里又算得了什么，这就像人类在莫测高深的大海面前一样喟然长叹……

村路依然，窄窄的，弯弯的，印满浅浅深深的车辙。我记忆里恍然出现雨中泥泞的村路，出现五洋湖滔天巨浪……

我们的乡村

去乡下,我们寻找单位里的一位"老革命"。

小寒一过去,就是大寒,天气立时寒冷起来,乡村的土路两旁地里的麦苗压上一层厚厚的白霜,小河结了冰,小草枯了叶,小麻雀冷得躲了起来,脚下的路冻得硬梆梆的。

严寒里的村庄几乎看不到走动的人影,宁静把这里变得一片寂寥。

我想不通,一位离休老干部,扛枪打过鬼子,跨江解放过全中国,每月工资七八千,在城里还有小别墅,怎么就远离城市,到了乡下,过着几乎是乡下人的日子。我隐隐担心,习惯吗?方便吗?万一身体有个毛病怎么办?

我们寻找了几个村子,才算搞清楚,他是住在这个村子里。

村路很长,也很瘦,坑坑洼洼的。

一股清新的混合着青草清香的气息弥漫过来,灌进了我的五脏六腑,让我神清气爽,精神为之一振。我脱口喊起来,是牛粪。我禁不住仰脸贪婪地对着田野的上空,深深地呼吸了几大口冰凉的空气。

乡村里有牛,没有牛的乡村算不上是真正的乡村。听到一声悠长的吆喝牛的号子，看到一条犁地的牛，你心里才会有一种踏实、暖和，感到这里是一个渠水淙淙、炊烟袅袅、人丁兴旺的村庄。

村路上见到一堆一堆牛粪。牛与乡村结伴而生。

一种亲切在我每一根血管里流淌。

记忆推开了童年的门窗。我惊讶自己的记忆顽固得如此这般根深蒂固。

那是一个将要接近春节的日子，乡下的四姨奶过七十岁生日，母亲带着我去为她贺寿。来的亲戚多，晚上她家睡不下，四姨爹领着孩子们住生产队牛房里。

住牛房，让我们这些城里的孩子兴奋不已。

牛房里拴着六七头黄牛和水牛。四姨爹常年住在牛房里看牛，以牛为家。他是个精瘦的小老头，嘴里没有几颗牙，一说话，嘴里空洞洞的。他脸上总是带着笑容，对我们说话总是哄着说。

牛房里暖洋洋的。牛慢腾腾吃着草料，慢腾腾甩着尾巴。四姨爹时不时地给牛槽里的草料里添豆饼，搅拌一下，让每头牛都能吃到精细料。他还会和牛说话，它们也听懂他的话，让挪腿就挪腿，让它们吃草料时文静些、互相谦让着一点，也就客客气气、文文雅雅地吃起来。它们大便小便是四姨爹牵着出去解决的，一个一个很乖，简直像孩子。也有的牛不小心在房里大便，四姨爹会骂上几句的。

我兴奋得一夜没有睡好觉，尽听着牛一下一下不紧不慢咀嚼草料的好听声音，嗅着牛房里草料清香的气息。

我不知什么时候迷迷糊糊睡着的。天亮了，我才发现，在床上溻了一泡尿，把四姨爹的棉裤也溻湿了。我羞得抬不起头来。四姨爹乐了，说我在牛房里睡得踏实才有这一泡尿。

人是活在记忆里的。

真不敢想，如果没有记忆，人会怎样的活着。

记忆领着我在灵魂里与"老革命"说话，让我揣摩他、走近他、理解他、领略他、尊敬他。

村路和眼前的村庄，让我对"老革命"有了新的体悟：人来自土地，来自乡村，从乡村出发，最后再归回乡村，扑向土地。这是天籁之音。

白雪似的山峦

林业部门的朋友邀我们三两好友游连云港锦屏山。山不高，海拔二百多米，但多姿多彩，很有些神韵。上山路有两条，一条小道，还有一条是汽车能开上去的盘山公路。朋友问："你们想怎么上去？"一个体重大的朋友说："我坐车上去。"我们几个说："走上去。"

汽车很快上了山，我们几个人在后面一步一步朝山上登。春夏季节里，锦屏山我没少来过，可在初冬里来还是第一次。柔和的阳光浸漫着落了叶而疏疏朗朗的杂树林，里面并不冷，一簇簇、一串串大大小小的红野果缀挂在枝梢上，托举出冬天里草木不朽的生命。小鸟不多，可以说根本没有听到鸟雀的吱吱喳喳声，树林里静静的，山里静静的。拐过一个山坳，见前面山峦上一片白色，像是雪花弥漫，又似白雪冰封，我们惊诧，是什么样的树，能在冬天里开出这样的花？如果不是树上的花，又能是什么花，难道是雪花吗？晴天阳光里，又哪来的雪花？

走近了，我们才算走出梦境，这不是雪花，也不是树上的花，是一种白色的野果，个头如豆，圆圆的，白白的，三五粒一簇，挂满树上。

白野果如雪似花，漫山遍野的白色照亮了冬天的大山，叫醒了山里的峭壁、树木、藤蔓、溪流。大山蓬勃生动起来。

到了山上，早先上来的朋友正与一位守山林的老人津津有味地唠嗑。老人一头白发和洁白的眉毛、胡子，让我把他与白野果弥漫成的虚幻的雪花叠加在一起，把他看成了一座白雪似的山，白雪似的一棵树。老人白雪似的胡子是守山林的沧桑的年龄。他近九十岁了，山顶与山下的小城镇相距不算远，可他几乎就没有下过山，生怕随时有火情，有人伤了树木；生病时，他从山上随便采点草药，熬点汤喝下去，也就没事了。家里子孙多少次劝他下山，他根本不听。老人没有感到过寂寞和孤独，八九岁跟着父亲守山林，在茅屋前栽上一棵小槐树，这树竟像他一样倔强和顽强，长得茁壮而欣欣向荣。

我看见，槐树很粗，三四人才能合搂过来，树冠如伞，遮住了低低的茅屋和偌大的场院。树上被游人结满一条条红布带，如果说是游人把祈福驱灾的善良愿望寄托在树上，还不如说是附托在老人身上，他才是树魂呀！一条条红布带像火苗，随着徐徐山风，在绿叶间跳荡。

我问老人，山下结着白果的是什么树？老人说："是乌桕，夏天开花，秋天长果子，到来年春天也不落。不过，它全都喂了小鸟。"

我想，老人是槐树，也是乌桕，用自己的青春和生命焕发了自然界新的生命，焕发了人对生命的渴望和追求。

老人与白野果成了白雪一样的山峦。

赤足樱桃涧

连云港东磊这个地方,在古典名著《镜花缘》里神神秘秘的。

东磊是石头的世界,大大小小的石头组成了一片石头的汪洋大海,让你不得不想起几千万万年前肯定爆发的一次山崩地裂,它的博大和雄浑,深远和神秘,让人无法走近。

东磊的樱桃涧是贴近人的,它敞开细腻的胸怀,接受着你,洗礼着你,让你尽情地欢娱,让你的情感融化在它的山水中。

东磊早就闻名遐迩,而樱桃涧在一边,像一个含而不露、面带羞涩的深闺少女,没有多少人知晓。今年盛夏,我才知道樱桃涧。我陪着同学——江阴作家夏坚勇一块走进樱桃涧。

樱桃涧是璞玉未凿,涧口处满是青枝绿叶的樱桃树。一棵近百年的樱桃树,盘根错节,却依然年轻茂盛,郁郁葱葱。它是云台山上樱桃树的祖先了!只因涧里有着这么多的樱桃树,才叫作樱桃涧。

大涧像一条鳞光闪烁的青龙,蜿蜒逦迤伸向山的深处。涧的两侧茂密的树木争先恐后向涧里涌过来,形成绿色的长廊。各种花草以它们顽强的求生欲望和倔强的性格,穿破沙石,涉过涧水,在涧里这里那里一簇一簇地体现着生命的存在。

进了涧里,或大或小的石头间,山水恣意横流,走路要脱下鞋袜，挽起裤管，从草里没有荆棘、石头没有棱角的地方过去。草丛里的石头被河水洗磨得光光滑滑，像鹅卵石，能赤着脚在上面漫步或疾步奔跑。

涧里潭多，几步一潭，深浅不一，深的六七米，浅的一米多深。潭里的水深得乌绿，浮着层层凉气。涧里洗澡的人很多，在潭里嬉戏，水淹没脖颈，舒坦自如。洗澡的有男有女，女的在涧下，男的在涧上，隔着几块大石头，只闻笑声，不见其影，各洗各的澡，各有各的情趣。

清纯的山水撩拨着，我和夏坚勇按捺不住，几乎赤着全身，跳进潭水，享受着天然野趣。此时此景，你属于自然了，自然也就是你了。你是风，风是你，你的笑声，变成了哗哗清亮的流水声，你不再想涧外纷纷涌动的事，你眼睛里只有被风掠动的树，只有天上轻闲飘流的云絮，你的身体非常非常轻盈，你的心情非常非常平静，像水一样无波……从水里上来，穿着湿漉滴水的短裤，在被太阳烤晒得暖烘烘的浑圆石头上坐下，一会儿就干了。这时，拨开疏朗的草丛，赤着脚，跳跃地踏着一块块圆石，朝涧的深处走去，巍然的杜鹃崖像一扇门冷冷地横在面前。涧的深处传来湍急的哗哗水声，却不见流水，愈发显得幽深而莫测，给人留下无穷想象的余境。

杜鹃崖是樱桃涧情致起伏的高潮，崖上密密的杜鹃根粗叶茂，最大的一棵杜鹃蓬蓬勃勃，有四十年的历史，如果在万木争荣的四月，杜鹃崖绽满杜鹃花，一片斑斓，远远看去，会像绚烂的云霞。

海南岛行

那天，黎明还没有走来，我从海口市乘汽车去黎族苗族自治州的通什。怕路上口渴，我买了五个大西瓜，放在座位下。驾驶员过来，看见了，炸起两腮上的胡茬子，用海南岛人特有深陷的眼睛，严严地逼视着我，指手画脚，叽里咕噜不知说些什么。旁边的一位旅客告诉我，赶快把西瓜固定起来，要不，一会儿汽车在山上爬上窜下，西瓜会摔成八瓣。

山路这么难行？我借过一个竹篓随便把西瓜装了进去。

汽车启动了，又快又平稳。外面乌黑一团，什么也看不见，只听见风声从窗边呼呼啦啦地掠过。汽车发出沉重的引擎声音，速度慢了下来。我知道汽车是在爬山，急忙朝窗外望去。夜色里闪烁着成串成排的灯火，活像大海上小渔舟的灯火，织成一幅灯光网。这是什么灯火，是村寨的灯火？是夜行的车队？是山间的街市？是游弋的萤火虫？我暗暗地猜想，兴许是花瓣、树叶上沾着的滴滴水珠，映着无色透明的月辉，亮闪闪的，像珍珠……倏地，亮亮闪闪的珍珠游弋了，先是一只，后是两只、三只、四只，一行、两行…山上、山下，天上、地下，连成片，串成行，宛若忽高忽低、活灵活现的长龙，在车前、车后、近处、远处，时隐时现，忽明忽灭。是什么，这么神秘，这么扑朔迷离？

曙色熹微。前边有位旅客惊喜地喊道："橡胶林！"

我急忙打开车窗，一股浓重的芬芳扑面而来。这时，我才看清，那一颗颗珍珠原来是割胶工人头上戴的照明灯。我真要惊呼起来，这么大的橡胶林，简直是树的海。我平生第一次看见橡胶树，眼神是那样的专注。橡胶树银白色的杆，笔直挺拔，苗条秀气。它没有老态龙钟、弯腰驼背的躯干，也没有盘旋曲折、参差披拂的虬枝；没有垂柳的纤弱，又不失水杉的婀娜。

看着那依稀可辨的照明灯，我自言自语说道："割胶为什么在黎明前？"

身旁人笑道："三点到八点钟，最能出胶水。"

这时，我对勤劳的割胶工人的敬意之情，从心底油然而生。

后来，那人知道我是千里之外的江苏连云港来的人，心情更加开朗起来，话也更多了。他说："我们是老乡呀。不是夸海口，我一九五七年从南通来海南岛工作的，当时没看好这地方，想回去。现在，我真喜欢上这里……"

"你是研究热带植物的？"我问。

他笑了笑，答非所问："绿色是最养人的。海南岛一年四季常青……"

汽车驶进深湛绿海深处，在乌溜银光的柏油路上急驰。只见周围伫立着一棵紧挨一棵威武的云杉和油松，凌凌高耸，树冠交织。在沟壑那面的阳坡上，一色是低矮壮实的柏木，在潺潺流水的涧沟里，灌木丛密密麻麻，随风波动，翻卷绿浪。修竹纤纤，婷婷美美，遍地的仙人掌，一棵一棵那么肥厚、雄霸，巴蕉、美人蕉依靠自己蓬勃的生命力蔚然成林，那香樟、梨木更是遍地飘香……

山林中的水又清又亮，水流不大，自由自在，活活泼泼，无拘无束，从峭壁上涓涓跌落下来，穿洞隙，过石罅，在山坳里汇聚成好多一大汪、一小汪清亮亮的水潭,活像天上落下来的一片云絮。

看到了水,我才感觉到嘴里焦渴,想起座位下的大西瓜,急忙弯身掏西瓜,折腾半晌,也没见到西瓜。正狐疑之际,前边有人喊道:"谁的西瓜?滚到这了,碎了。"

前边的话还没有落音,后边又有人喊起来:"谁的西瓜摔成稀糊糊了。"

真晦气,五个西瓜窜出竹篓,竟然没有一点声息。这当儿,汽车一会儿缓慢地爬坡,一会儿又如箭一般地下坡,忽地,又转过一个S形的弯子。我坐在车上,像在大海波涛上,忽而在浪尖上颠簸,忽而在浪谷里晃悠,弄得头晕目眩,天旋地转。难怪西瓜窜出篓子摔成八瓣,就是人坐不牢实也能摔成八瓣!

汽车爬上一个山峰又平稳起来。山顶上也有人家,板壁蕉叶顶,掩遮在绿树丛中。太阳当顶了,驾驶员停车让我们小憩,买些瓜果桃李充饥。一群群黎族的男女孩子,赤着脚板,簇拥着我们,叫卖着香蕉、芒果、菠萝蜜……开始我以为山里偏僻、来往人少,这些孩子一定笨拙、愚昧。没想到,他们眨着机灵的眼睛,嘴巴乖巧,很会说话,让你不好意思不买他们的东西。我感慨,山里人家并不偏僻,在我们祖国的大家庭里,不管是天涯海角,深山密林,一条条山道,一条条细流,都和我们的北京、上海、广州、南京、武汉、西安紧紧相连,都和长江、黄河、珠江、淮河、雅鲁藏布江密密相通;我们脚下的柏油路,就是从祖国心脏延伸过来连接这里一家一户的血管的!不管是苗族、黎族、壮族、白族、维吾尔族、汉族……人民的心,都和祖国的脉搏一起跳动。

海南岛是海洋性气候,天气变化快,刚才是蓝天如洗,这阵就来了云朵,扯下千万条雨柱。我急忙钻进车内,凝视着窗外密密斜织着的雨柱,跌落在马路上开出一朵朵洁白的水花。雨地里,站着三个小姑娘,每人头上顶着一片大大的、绿绿的芭蕉叶,雨柱打上去"噼叭"响。她们一起向我们的车招手,呼喊着,看样子是想搭车。驾驶员没有停车的意思,这是长途车,一路不停,我们的车我行我素,径直开着。我在心里叹口气,三个姑娘碰上这样一位驾驶员算倒霉了。正长吁短叹,汽车陡然刹住了,三个小姑娘丢下芭蕉叶,跳上车子。我心一热,感受到人心里都有一个太阳,照亮别人的时候,也照耀了自己。

　　汽车飞出了雨幕,太阳向树林投下万千条光线。在柔细的阳光里,一颗颗水珠悬在叶尖上打颤,闪着光明。枝枝叶叶的顶端,冒出几片薄薄的、嫩嫩的新叶。

　　我望望车后峰峦上袅袅娜娜的淡雾,感情的思潮像绿海的波涛翻滚:海南岛人、我们的驾驶员,初接触时,瞧那外貌、举止、言语,是那么的粗犷,那样的不易接近,就如同我们刚走进热带雨林一样,看见各种奇奇怪怪的植物杂然相间,望而生畏,但当大胆地走进去,就会感觉到各种植物那么协调地生活在一起,竞相发展,充满着蓬勃的生机……

　　我明白了,我那老乡、那南通人为什么爱上海南岛,他是喜爱上海南岛的人了。

城市森林

城市离不开树林。

真的不敢想象,城市没有树林会是一副什么模样。也可以想象到,那城市上空肯定不会有飞鸟,河流肯定不会流淌,鲜花肯定不会开放,孩子肯定不会有笑声。

一片树林,一棵树,一枚绿叶,是蓬勃的生命,是无限的希望和憧憬。

同科·汇丰集团在连云港这座城市栽下了一片森森的林木,拥有一片蓊郁的森林。

我是第一次去同科。这地方过去我常去,是连云港师专,校园内有些花草树木,但夺人印象的还是一幢幢钢筋水泥的教学楼。故地重游,同科令我万分惊异。原以为这里是机器轰鸣、焊花四溅的大片建筑工地。进了大门才发现,这里是日新月异,耳目一新,振奋人心。清流淙淙,草木扶翠,喷泉漱玉,百年银杏,古藤虬枝,森林万象。

同科作为一个有影响的企业,所要塑建的不仅仅是适合自己的一地一方的文化和精神,而是对城市乃至社会具有着价值的文明和利益。同科文明在过去曾经造福社会,进入今天这个更加文明与富强的时代，如何更加与社会同步，造福社会，对社会负责和付出，这是一个文化企业的目标追求所在。

一个细节，给城市留下了绚丽的印记和深思的回味。

师专一栋旧教学楼要拆迁，旁边一株遒劲的开着白花的紫藤成了屏障。有人建议，掘了紫藤，保留它既要花上一大笔费用，又要添上大量人力。还有人坚持要求留下紫藤，说盖一栋大楼容易，要长成这样一棵紫藤需要十年二十年的时间。董事长杨波早早晚晚在紫藤下徘徊。紫藤上的一朵一朵小白花在夜色的空气里芳菲弥漫。最后，杨波拍板决定，这座城市不缺楼房，但缺少紫藤。这棵紫藤一定要留下来，留给这座城市，留给这个住宅小区将来居住的人们。

同科人展开了大营救。投入了大量的人力和物力，在紫藤围围上下设置八层篱笆栏，罩上防护网，确保在楼房拆迁过程中，紫藤完好无损，不伤一枝一叶。

今年，紫藤茁壮得正挺拔，开满的小白花在兴建的绿地上呢喃小语，激情香溢。

七月田野，八月大树。在同科一棵棵又粗又壮的森林般威严的古银杏树前，我不由肃然起敬。我向百年沧桑致敬，向大树的生命致敬，也向同科人致敬。

这是一片森林哟！

这是同科人的视野和境界哟！

同科与大自然融为一体了。

一个企业心里装的是人与城市与山野草木。这让同科百里迢迢、千里迢迢地奔赴山南海北寻觅大银杏树，他们一次次从艰辛中、从失望中聚集起信心和魄力，终于幸运地从遥远的群山里寻觅到了所珍爱的。同科人在大自然面前是感受到圣洁的，在大树这精灵面前是领受深厚恩泽的。在山村里，大树刨出来却独立不倒的时候，他们是用一阵喜庆的鞭炮声，才让大树开始抚慰远方陌生来客的精神，依偎在他们的怀抱里。

大树来到同科，来到同科这个家的重要时刻，鞭炮炸响了，杨波给大树捧上了第一撮土。这时刻，他心情宁静、轻盈和愉悦。这是与大树契合的时刻。他觉得脚下的土地湿润了，默默地祈祷大树幸福。此时，他心里更拥有了一座城市。

我们的城市有森林了。真的，还会有一个一个森林。

芦苇荡淹没了我

一切，在春天熏人的暖风里似乎显得并不真实。

在城市的边缘，在新浦的北边，在现代人的眼帘下，在大海与陆地之间，一片辽阔、充满盎然生命且色彩丰富的湿地，一片浩瀚的绿色夹杂着黄色的芦苇荡，一片还没有褪去冬天红色衣妆的海英菜，一片清波闪闪的鱼池，还有一阵阵清冽的海风，让我这个从城市钢筋水泥框架里走出来的人，一时有些惊异。距离这一片湿地不远的新浦，人群在这座高楼比肩的城市里如蚁般地涌动，人们为寻求绿地而烦恼。可这一片芦苇荡、海英菜、鱼池，还有野鸭、野鸟，居然完好如初地在这里静寂着，这难道是真的吗？当我确认这是真的，就为自己的发现激动不已起来。

静寂属于这里。走进这一片静寂，站在这静寂的土地上，我才知道什么叫静寂，什么叫无边无际，什么叫自由自在，什么叫心旷神怡。我随心所欲地放纵两只眼睛，恣肆地舞蹈着四肢，无拘无束地放开大声吊一下嗓门。重重叠叠的芦苇包围着我，我成为了芦苇中的一根。我这才恍然看到城市里涌动着的喧嚣和飘荡着的浮躁，看到人们居住的神话般的高楼原来是封闭的水泥匣子，人变成了水泥人，独门独户，呼吸着水泥散发出来的气息，不停地吐纳着城市里杂七杂八、蚕食鲸吞着生命的浮尘物。

突然在寂静里行走、伫立、思索，我有一种陌生的距离感觉。距离的思想能看穿一切。人一直以为自己了不起，是大自然的主宰者，以为大自然离不开自己，可以随意主宰大自然，可以人定胜天，可以改变一切。人在工业、科学、技术滚动发展的今天，已经开始昏头昏脑了，认为无所不能了。错了，人真是错了，只有疲倦极了，人才会看懂自己，看穿自己。人是城市的主人，城市不能离开人；大自然不同，人在大自然中只是一个过客，永久的客人，大自然可以随时不要人，人一时半刻离不开大自然。为了让芦苇、海英菜、野鸭、野鸟信赖我，也为了使我能够深深地依偎在这片温软的草地上，我行走在芦苇荡里，把这里当成了城市广场上人工的草皮地，轻手轻脚的。我几乎像换了一个人儿似的，不像是城市里的那个人，不在乎地，玩世不恭地，可以随意挖走一棵树，摘下一朵花，折断一根枝，踏倒一株草。

我仰睡在芦苇荡里，芦苇荡淹没了我。我只能轻悠悠地呼吸，只能用眼睛看，用心思想，用耳朵聆听，让野鸟扇动着翅膀，边快乐地叫着，边翩翩飞过眼前的天空，让翠绿的芦苇痒痒地甜甜地抚摸我的脸颊，让柔弱无骨的海英菜卸去那一层冬天的衣裳，让静寂沿着我的眼睛、耳朵、鼻子、嘴巴流遍我的五脏六腑。

一切，我是呼吸过了，拥有过了，并从我的肺腑里流淌过。然而，我们这座城市里还会有许多人要来到这个地方的，是要用这样的苍茫和静寂滋润眼睛和心境的。

春蕾是从哪里来的

春蕾是从哪里来的？

隆冬里，我总是站在窗前，久久地凝视着二楼下后院里的一株腊梅树。她不高也不繁茂，枝枝桠桠且有点瘦弱，但满树上上下下、星星点点结满了春蕾。寒风冷冷地吹着，雪花凉凉地飘着，腊梅树没有一身绿叶庇护，只有春蕾昂首挺胸、精神地立在枝上。风摇着，想把她拽下来，雪花包裹着，想把她冻僵，她依然攥紧拳头一样结实的春蕾，在想象、在慢慢长着个子、在准备随时展示自己的青春力量。一天，腊梅树枝杆上结上一层薄薄的、亮亮的冰，一个个春蕾也穿上了蝉翼一样薄的透明冰衣。我担心，春蕾可能会被冻僵的。一天过去，两天过去，只到冰融雪消，春蕾不但没有冻僵，而是长得肥肥实实，绽露出了迎接春天到来的黄色粉瓣。

哦，春蕾是从冰雪严寒里走过来的，是从坚忍不拔、孜孜以求的奋斗中走过来的。既然"春蕾"诗社赋予了春蕾，就有了腊梅的个性、气质与精神，就会朝着理想、憧憬、信念不怕疲倦地跋涉……

太阳从海面上升起

当你站在轰响着大海涛声、飞扬着四溅浪沫的海岸线上，此时，你就属于这个世界上最幸福的人。连云港的海上日出铿锵有力地撞击着你的生命，使你无法遏止渴望中的无限创造……

连云港人是骄傲的，拥有得天独厚的海上日出。经过一夜磨砺洗礼而鲜红的太阳，总是把第一缕红火毫不犹豫地喷泻在连云港土地上。

我是在一个东方欲晓的黎明时分登上云台山巅的。

起初，我以为自己是起了个大早，幽静的黑黝黝的夜色里，崎岖坎坷陡峭的山路上只有我一个人。爬着爬着，夜色越来越淡白清晰起来，周围响起人的讲话声音，看过去，人影憧憧，不太明朗。到山巅上，海面上吹来的咸风清凉凉的，身上热涔涔的汗水立时不见了，反而有些硬冷。夜色被硬硬的海风吹拂得像山上的岚气一样散了，无影无踪，不知飘游到哪儿去了。山和山间的草草木木，几只婉转啼叫着的麻雀，都刚刚睡醒过来，睁着一双带着睡意的眼睛打量着你。这时我才发现，早有人在我前边上来了，原来上山看日出的人很多呀！他们有男有女、有老有少，听口音都是外地人，大多是上海人、河南人、安徽人。他们生活在内陆，没有看过海上日出，即便是上海人，虽然靠近大海，可真要到大海边，也要走很远很远的路。

海上日出激动人心。海天相接的地方一片铅色的云层如同山峦一样层层叠叠，一切是那么平静。平静是暂时的。光明的火焰寻找一切契机，寻找难以承受的生命之重，在云层磨砺中，一点一点地突破，黑暗在天东边盛开的一片烂漫的红色杜鹃花中灿烂死去，终于，一轮红日从海面上热腾腾升起。旋即，喷薄而出。这种气势恢宏的升腾和开始，极具诱惑地召唤着每一个人。

海上日出的过程是新的生命诞生的过程，是新的生命开始，昭示着自然和人类，都无法逃避新生的事物必然淘汰替代旧有的事物。

在中国广阔无垠的地平线上，邓小平推开中国改革开放的大门，对于古老的中国就犹如海上日出。从此，中国有了新的发端，有了太多的开始；开始的希望，开始的腾飞，开始的笑容，开始的阳光灿烂。奇迹一个接一个，像绚丽的礼花，绽放在中国上空。站在流云飘逸的高厦上，行走在流光溢彩的步行街上，乘坐在一日千里的高速公路上的客车里，聆听着几十万吨巨轮进港时鸣笛声，看着旖旎浪漫的沙滩，你真的难以置信，真的怀疑自己一双眼睛是模糊看错了，这就是那个名不经传的小渔村连云港，就是那一片寂寥的海滩和荒地？

伟人将开放的大门推开了，太平洋的气息涌进了中国，涌进了连云港。连云港人肩负起历史的责任，撞响了时代的钟声。连云港人不断创造新的历史，不断吸引着中国的目光：连云港是中国沿海十四个对外开放城市之一，连云港是新亚欧大陆桥东方桥头堡，连云港诞生了神州第一堤，连云港港口崛起了在中国沿海港口也是风流倜傥的三十万吨级矿石码头……

太阳每天都是新的。一轮红日，每天从海面上燃烧着升起来，连云港每一天都有感悟的非凡意义，每一天都站在新的起跑线上……

海抱着的山

童年过去了，才感到那海一直在喊我，海之灯温情看着我，并感到人的一生中童年的真实，才感到真实的活着多么珍贵。

泰山的余脉连云港云台山是江苏最大的一条山系，自西南向东北形成排列有序的群山海岛，每条山脉之间都隔着一条海峡，从远海处看仿佛是条条大船静泊于海上，最高的山峰正像大船上的桅杆。云台山的大桅在南云台山上，玉女峰海拔六百二十四点四米，是全省最高山峰，站在上面，两眼能眺过大小山峰，看见雪浪点点迤逦多姿的海岸线。

我的童年故事发生在海边。这海边在北云台山下。这山体平均坡度三十度以上。自然界也不公平，按理说，北坡背阴日照少、海风凛冽残酷，应该土薄草衰，一片凄清，可它偏偏土壤肥厚，草木茂盛。北坡陡峭，从连云港东侧的红石嘴延伸至平山，群峰兀立，拔地而起，宛若一道长达十几公里的海岸围屏，巍峨壮丽，葱茏生翠。南坡面朝太阳，雨露润泽，却一点不争气，土瘦草败，低声下气，不成气候。

北云台山原来是海中岛屿，四面环海，北与东西连岛相邻，过去那叫鹰游山，东傍一望无际的大海。西与陆地联接。江苏仅有的四十公里基岩海岸全部分布在这里，这儿就占有黄金的一席之地。

北云台山是连云港港口的依托，没有北云台山便没有连云港港口。北云台山的大桅在港口正南，最高的山头称呼是大桅尖，向西依次两座高耸的山峰呼为二桅尖和三桅尖。三座山峰临海拔地而起，气势磅礴，雄风烈烈，像一只跋涉挺进的骆驼，又像云台山这只大船上三根顶天立地的大桅杆。大桅尖最高，海拔六百零五点四米，是云台山第二高峰；二桅尖海拔五百零三点七米；三桅尖海拔四百三十五点四米。三座山峰像三个亲兄弟，相距不远，相依相偎，朝夕相伴。山能有名字，就有文化，就会有一个故事。大桅尖说是大海边上的张家父子托举起来的。这一天，张家父子又出海捕鱼，准备多挣些钱，给儿子说亲事下聘礼。到了海里，他俩网网有鱼，还是大鱼。父子俩满心欢喜，天黑了还不肯收网。海上天气说变就变。天刚黑，海上就刮起了大风，大浪把张家父子的船冲向岸边，连舵都把不住。离岸二三十里的时候，陡然"咔嚓"一声响，船底撞上了暗礁，破了个洞，呼呼进水，船往下沉。张家父子抱住一块破船板，准备逃身。父亲突然说道："我们一走了事，可日后别人来捕鱼，不是还会遭殃吗？"他俩没有走。父亲潜入水底看了看，又钻出水面，说："我们船的大桅尖离水面不到一人高。我们钻到船底，把它顶起来，大桅尖露出水面，过往的渔船见了，就不会过来了。"儿子答应了父亲。父子俩潜入水底，把船托了起来。从此，大桅尖高高露出水面，救了无数过往船只。

三桅尖下北坡是连云镇，这是一个小镇。全镇都在山的北坡上，靠海吃海，靠港吃港。一九三三年连云港筑港前，这里是一处人迹罕至的山间小渔村，山高林深，鱼多虾多，渔民除了打鱼养活自己，还烧烤木炭，所以有人喊这里"老窑"。还有人说，这里曾是关押犯人的地方，叫"牢窑"。

没有小镇海峡对面的东西连岛，不会有小镇的，更不会有港口的存在。东西连岛是一道固若金汤的挡风阻浪的天然屏障。

我经常站在家门口，瞪大眼睛，眺望东西连岛，想知道上面有些什么，人是什么样子，那好奇的心情活像要知道神秘的宝岛台湾一样。为了能够看清楚东西连岛，我听信人话，厚实的玻璃瓶底像望远镜，能望得远，就拣了一块放在眼前朝岛上望，可什么也没有望到。

东西连岛高三百米以上，是泰山余脉在海州湾中的延伸部分，系震旦纪片麻岩类构成的剥蚀山地。南坡岩石裸露，稀土疏草，只长有很少的赤松、黑松，矮小的杂木、扫帚竹。北坡的景象焕然一新，像是在热带雨林里一样，林林总总、数不清的各种草木藤蔓竞相生长，虬枝阔叶，缤纷万状，露出蓬勃的生命力。

东西连岛若断若连，潮涨两岛断开，潮落两岛相连。岛四周悬崖峭壁，崖前水深三至五米；海岸线布满大大小小的海蚀洞。

谁能想到，这片大海和山脉保守着一个秘密，一万年以前，这里不是大海，是坦荡的大平原，直抵达日本列岛。那是地球十万年前进入迄今为止的最后一次冰期，这段寒冷的岁月持续到一万年前才结束。随着末次盛冰期的来临，北半球的欧亚大陆及北美大陆成为了冰川的中心，海洋面积收缩，海平面下降，今日的渤海、黄海和东海全部消失，成为陆地，连云港、上海和香港变成内陆。

一片叫黄的海

冰川的隐退有了大海。

我在北云台山上亲见过冰川消融过程中造就的一个个冰臼。冰川学者韩同林发现崂山曾经披冰挂雪，冰川纵横。连云港紧贴崂山，云台山难道不会冰魂雪魄，一片粉妆玉琢的晶莹世界？

这片大海在这儿波涛汹涌、浪花飞溅几万年后生了小镇。小镇现在仅仅才几十岁。

我是大海生的，又是小镇生的。

小镇敬畏大海。大海令小镇冬季寒冷干燥，夏季温暖湿润。

我对大海好奇时，又是喜欢又是害怕。

大海是蓝色的，透明得像玻璃一样。小镇的海，我的黄海，是黄色的，古黄河在苏北滨海县注入大海，携带稠稠的泥沙，把茫茫苍苍的海水变成了黄色。

小镇的海滩大都是成片的淤泥，深的约五六米，其间海湾里也有沙滩，细白的沙子，间有砾石、贝壳、碎玻璃等粗碎屑。

没有不息的浪不会叫大海，没有扑岸的涛声不会有大海。

小镇的黄海分成南北两部分。小镇的北边是北黄海，南边的是南黄海。黄海以北中央略偏东处，有一狭长的水下洼地（亦称黄海槽），深度自南向北逐渐变浅。洼地东面地势较陡，西面较平缓。北黄海海底，分布着大片呈东北走向的潮流脊，这是由于此处潮差大、潮流急，致使海底沙滩在潮流冲刷下形成与潮流平行的"潮流脊"。南黄海两侧，分布有宽广的水下阶地。西侧比较完整，东侧受到切割，分布的深度不一致。海底还发育着大型潮流脊群，这是在古黄河和古长江复合三角洲的基础上，经潮流的长期冲刷塑造而成的。经过小镇的苏北沿岸潮流脊群南北长约二百公里，东西宽约九十公里，由七十多个大小沙体组成。

北部风浪多，南部涌浪多。从九月到来年四月，北部多西北浪或北浪，南部常出现北浪。六月到八月，北部一波接一波的东南浪或南浪撞向岸边，南部的南浪也不是省油的灯，一浪赶一浪呜呜地号叫着。风浪秋冬两季让人心惊悸，浪高能达到两米到六米；当滚滚的大寒潮过来时，惊心动魄，浪高飞达三米到八米高。春、夏季风浪柔情了不少，一般为零点四米到一点二米。我见过台风过境，大海像一锅沸沸扬扬的开水，波澜翻腾如龙，浪花暴跳如雷，浪高约有六米到八米多，似乎要冲上小镇，毁灭世界，我简直忧心忡忡地不敢去看。小镇的涌浪，夏、秋季大于冬季，浪高一般多为零点一米到一点二米，遭台风侵袭时，能出现两到六米的涌浪。

黄海是北太平洋暖温带。

小镇前边是海州湾渔场，游泳动物中的鱼有三百多种。主要经济鱼类是小黄鱼、带鱼、鲐鱼、鲅鱼、黄姑鱼、鳓鱼、太平洋鲱鱼、鲳鱼、鳕鱼等。还有金乌贼、枪乌贼等头足类和鲸类中的小鳁鲸、长须鲸和虎鲸。浮游生物，以温带种占优势。一年内大量出现是春、秋两次高峰。最主要的浮游生物是中国毛虾、太平洋磷虾和海蜇等。在黄海沿岸浅水区，底栖动物在数量上占优势的主要是广温性低盐种。在黄海冷水团所在的深水区内，以北方真蛇尾为主的北温带冷水种群落所盘踞。底栖动物可供食用的种类，最重要的是软体动物和甲壳类。经济贝类主要有牡蛎、贻贝、蚶、蛤、扇贝和鲍等。经济虾、蟹资源有对虾（中国对虾、鹰爪虾、新对虾、褐虾）和三疣梭子蟹。棘皮动物刺参也很多。黄海的底栖植物可划分为东、西两部分，也以暖温带种为主。西部冬、春季出现个别亚寒带优势种；夏、秋季还出现一些热带性优势种。底栖植物资源主要是海带、紫菜和石花菜等。

每每站在海边，大海带给我小镇的生命让我感动，带给的自由让我挣脱了现实生活的层叠捆绑，一下置身于几百年几千年前的现场，看到滔滔已逝的时间长流之上的万千生命。

桨声连云

到过连云港的人，都说连云港海美、山美。连云港海美离不开山美，山美又离不开海美，可我更觉得，连云港的山水之间，最美的是桨声。静心静气聆听桨声，有铁船的，有木船的，有水泥船的，有万吨海轮的，有单薄的小舢板的。白天，桨声听不清，却能看得见，桨后旋起一圈连一圈的梨花般洁白的浪花，招惹得天上的海鸥成群结队地跟着俯冲下来，吃着从海里搅腾起来的鱼虾。

夜晚，桨声是听得见的，在夜色下，听宁静海面上的桨声别有韵味，那桨声被倒映在海面上斑斓的灯光里，闪烁在船上人一明一暗的烟火里，漂浮在摇桨人悠哉的谈笑声和轻轻的咳嗽声里。夜色把桨声点染得诗情画意，流光溢彩。夜色下的海面已不再是爽人的蔚蓝色，而变成了夜一样的蓝黑色，像一张无声的唱片，桨声这时听起来清朗、真切，能辨出是什么样船的桨声，那节奏快的肯定是大船，节奏慢的一准是小船，有力的是柴油机，柔韧的是手摇的舢板，大船桨声像海豚出水，浪花四溅，噗噗有声，小船桨声像海浪在礁石丛里慵懒的摇荡声响，舢板桨声像一尾尾小鱼在岸边觅食发出的喋喋之声。桨声在海面上弥漫，在山城里回响，在大山间缭绕。

读高中时，有一次，天色已晚，我们几个陆上的同学，摇着一只舢板，送几个岛上的同学回家。那天，月明星稀，海上无风无浪，皎洁的月色洒在平展展的海面上闪耀着绸缎一样的光泽。我们舢板上的木桨像鱼鳍在海里飞快有力地摇摆着，不一会儿，几个岛上的同学上岛了，陆上的同学返回时，刚学会摇桨的我，这时大发摇桨瘾，自告奋勇要摇桨，送大家回去。摇桨看起来简单，其实学问深奥，不是三两下就能学会的。我们连云港的桨，不像南方河汊里小船上的桨，连云港的桨，渔民叫橹，长长的，在船尾操摇着。看一个人摇桨的功力，从桨声就能听出来。桨声又粗又深又厚，那是划水有力，有节律，船听使唤，走得快，走得直，是功力深的。桨声飘飘的、空洞洞的，那是划水浮浅，小船不听使唤，碰碰撞撞，转圈圈，是新手的。我惬意地摇着桨，与其说是摆渡，不如说是在享受着自己摇出来的桨声。

猛然间，一个同学惊乍乍喊起来说，我们舢板远离港区了。我说不可能。那个同学说，现在起浪涌了，我们已经远远偏离前面港区的灯光。现在，听你的桨声就不对，划得没有力，在水面上打漂漂，舢板肯定到了外海。他从我手里一把夺过桨，用力摇起来。同学们都紧张害怕起来，舢板要是真的被浪涌淌离港区，出了海峡，就别指望这只舢板能救命了。所有的人都舍命地帮助摇桨，求生的希望全部寄托在手中的桨上。舢板溯流而上，每朝前挪上一点我们都要费很大的力气。桨在海水里不停地摇摆着，听着逐渐浑厚起来的桨声，我知道舢板正在吃力地一点一点地靠近港区最热闹的灯火。终于，看到港区码头上繁忙的人影了，我羞愧得抬不起头来。我的家乡连云港，桨声连云。

掬上一捧海水远行

上苍把我降临到连云港海边时,我身上就烙着海的不可改变的印记。海让我看到无边无际的世界,听到生命最美丽的脉跳声响。海告诉我,平坦的大路尽头肯定有陡峭的高山,流火的夏季过去不一定是凉风送爽的秋天;海教我为什么跋涉沙漠,但不要忘了带上一壶水,仰躺在海面上,但一定要睁着眼睛。我呛过不少海水,当时很苦涩,也许对海的敬畏感情就是因为有过苦涩的滋味,随着年龄天天长,嘴里留有的苦涩,慢慢咀嚼,竟清香满口了。

我是离不开海了,一千次、一万次重复地踩走在沙滩上,流连身后的脚印,那真的是如诗如画,可惜呀,海浪泅涩、覆盖了它。

潮涨潮落,其实就是人生。海风告诉我,当你的心里能装下海时,就能带上行囊远行了。我多想心里能装下海呀,也许一辈子装不下,那我能掬上一捧海水,背上行囊远行吗?

海风之吻

太平洋上吹过来的海的气息，让连云港云台山成为暖温带与北亚热带过渡地带，山、海、陆、滩，地形地貌多变，既有温暖带特征，又有不少亚热带"飞谷"，生物资源丰富多彩。每次走进她的怀抱，总是有种情感拨动着我的心弦。中国的南方北方之分，很多人以黄河或淮河作为界线，黄河和淮河以北为北方，黄河和淮河以南则是南方。连云港云台山应该是南方北方的分水岭，这是大自然的赐予，北方与南方的植物在这里共生存、同飞舞。若北方的植物离开云台山朝南挪一挪，就不会习惯，长得不顺；若南方的植物越过云台山，会水土不服，发育不良，成活不多。北方成分树种有很多：赤松、怀槐、大果榆、蒙古栎、糠椴、酸枣等；南方成分树种有：红楠、紫金牛、南京椴、庐山石楠、羽叶泡花树、苦枥木等。山上植被以被子植物中双子叶植物集群、崛盛、喧嚣而多娇，单子叶植物少了，形影孤寂，不成气候，包括乔木、灌木、藤蔓植物，以及林间、林下的草本、蕨类、苔藓、地衣等，相依相偎，休戚相关，共同在这里完成着生命的繁衍。山上四季见花，木兰科的，白玉兰、荷花玉兰等；蔷薇科的，山里红、野蔷薇、野珠兰、华北绣线菊等；山梅花科的，疏毛溲疏；含羞草科的，山槐、合欢等；蝶形花科的，山豆花、龙爪槐、美丽胡枝子、紫穗槐等；忍冬科的，金银花、金银木、郁香忍冬、锦带花等；杜鹃花科的，杜鹃、满山红、闹羊花。五彩缤纷的鲜花吹满山上，各种野生药材与人类百年邂逅。有些药材在江苏是独立特有的，如紫草、辽吉侧、金盏花、北枳椇、耧斗菜、烟台百里香、北沙参等。一种被称为能医治百病的灵芝草，勾起我多少美好神奇的想象，它成了我寄托解脱多少苦难、承载欢乐的灵丹妙药。我很想见见这灵草，但谁也没有挖到过。想象纠缠着我。有人说，它长在悬崖峭壁上的背阴处，不容易采取到，且会躲藏。这蒙上了一层神秘的雾霭，使我的好奇筋疲力尽。上高中时，我终于在学校医疗室第一次见到梦牵魂绕的对象灵芝草，它属于菌类，咖啡色，形态像是一朵祥云，是一味药，不像传说中的那样神话。解开了一个结，就了结了一个想象。人生是由一个一个结组合而来的，了结了一个结，又会有一个结在等待着你。

云台山是鸟的世界，她早在四五千年前就是一个鸟的王国。这里的原始人类东夷族非常崇拜鸟类，以鸟为图腾，部族规定对鸟禁杀、禁捕、禁食、禁用。这儿有的山和岛是以鸟来命名的，东西连岛叫鹰游山，鸽岛因鸽多而得名，羽山因鸟栖身而闻名。我的小镇外海的前三岛现在是鸟岛，仿佛海上的鸟全部云集在这里。云台山上的鸟类有二百一十七种，有国家一类保护的，丹顶鹤、白鹳、黑鹳、中华秋沙鸭、白冠长尾雉、白尾海雕、白腹军舰鸟等。常见的是啄木鸟、石鸡、灰喜鹊、花喜鹊、长尾雉、乌鸦，它们成群结队地起起飞飞，遍布山野，有时飞起来密密麻麻，遮天蔽日，震撼魂魄。我捉过麻雀，打过麻雀。鸡蛋般大小的麻雀，最喜欢钻黑松林，在里面像黑色的闪电自由往来。它站在树枝上，身子一刻不肯闲着，摇头晃脑，不是亮亮翅膀，就是翘翘腿，微微尖翘的小嘴，只要没人驱赶，它能从早到晚不知疲倦地"喳喳"吵着，这也倒有声有色地显示出山里弥漫着的温润的爱。这小家伙鬼精，耳聪目明，反应速度极敏捷,赤手空拳想逮到它不容易,常常是没等你看清,它早已发觉了你的图谋不轨另择高枝了。我用一种专门为麻雀而设计出来的竹笼子活捉麻雀,里面放上一只麻雀,喳喳叫着。它的同类聪明不过人,真的以为它的同类呼唤它来共享快乐,朝笼子的翻板上刚一站,还没等叫出声来,被翻掉进笼子里。麻雀最终的死亡是在人类手里,正像南极冰川融化退缩是在人类手里缔造一个样子。人类的文明是一种贪婪,是海的一种苦难,走不出的噩梦。嘴是人类贪婪最大的工具和黑洞,人什么不吃?吃鲸鱼,吃鲨鱼,吃了小鱼小虾后,余味未尽,又吃陆上的万类,吃猴子,吃会眨眼睛、会飞会跑有生命的东西。人类说不定哪一天没准还能把海水喝了个精光,带给人类自己无尽和并不想吞咽的苦果。

云台山上的石头让海风吹得嶙峋峭拔,个性突显,令人敬畏。我的街巷的山顶上就有飞来石、牛来石、滑人石、别死猫石等。这些石头的名字都有来历,如飞来石这块石头,说是老鹰变成的。原来在这里把守海口的是东海龙王派来的八带鱼。这条八带鱼十几丈长,八条大腿像八条毒蛇翻动。它仗着龙王的势力欺人,缠翻很多渔船,搅死无数鱼虾。住在连岛上的一只老鹰见了八带鱼恶行,忍无可忍,扑向八带鱼,咬断它五条大腿,抓瞎了它一只眼。八带鱼逃回龙宫,谎称老鹰准备打进龙宫。龙王勃然大怒,派数千虾兵蟹将包围了连岛。老鹰寡不敌众,最后被抓走了。龙王给老鹰定了死罪,准备开斩。老鹰挣断绳子,逃离了龙宫。龙王请来雷公帮忙。雷公连打两雷,打断了老鹰的两只翅膀。老鹰不能再飞了,落到了云台山上,化作一块巨大的石头,人们就叫它"飞来石"。

面对大山只是一个森然的外貌,真实的大山是要走进去的。蛇为大山的冷漠和惊悚点上了一块粗浑的色斑。厌恶蛇也许是人与生俱来的,长长的,光滑滑的,油腻腻的,闪着白光,看不到爪却在草地上弯弯游走,三角眼里布满生冷敌意,口里探出鲜活的芯子,杀气腾腾。人类记不得蛇类为地球和人类所带来的扑灭鼠疫的公益好处，只知道它会伤人。我是怕蛇的，一直生活在怕蛇的阴影里。我们街巷人见蛇是人人诛杀。云台山上野生爬行类有八科，十七种，主要有山地麻蜥、丽斑王麻蜥、无蹼壁虎、水赤链蛇、赤链蛇、乌风蛇、锦蛇、蝮蛇。蝮蛇中有红、白、灰三个种类，小镇人叫霸王蛇，它生性身子不好动，嘴巴正好相反，很勤快，你稍微动它一下，它毫不犹豫给你一口。它对什么都不怕，即便有人举起什么要打死它，也不在乎，慢悠悠地离去。灰蛇也就是秃灰蛇，最有毒性，咬人一口抢救不及时就会丧命。山上有蛇，山下人家也有蛇。有个青年人夜晚上厕所，里面一团漆黑，什么也看不见。他刚蹲在旱厕上，下面一条秃灰蛇翘起头来，对准他屁股上就是一口，他哇哇大叫，幸亏送医院及早，拣了一条小命。家家周围草堆下最有蛇。我家房后的邻居家搬迁草堆，发现一条又粗又长的赤链蛇，身上黄一圈黑一圈的斑纹精致剔透，被人发现后，它蜷曲一团，一动不动，人看了身上都起鸡皮疙瘩。一个胆量大外号叫宋大侉的码头上干活的汉子，用锹铲起蛇，它还是一动不动。宋大侉把锹里的蛇端到小涧沟边，点上一把火烧了。蛇身上油大，火焰烧得蹿多高。在我心底里，我是见过一条大蛇，虽然没有亲眼看到它的磅礴气势和凛然威风，但钻进它在草丛里游走过留下的水桶般粗的窟窿，可以想象到当时它有多粗、气势有多大，从嘴和眼里看到的不仅仅是巨大的凶光，更多的是超越了自然的自由、充足的自信、威严的尊重和无法阻挡的力量。上山拾柴草经常与蛇过交。一条蛇像草绳子一样横在你面前，挡住去路，你就得想法驱走它，它若不走，你就会与它较量勇气、胆识和力量。我和一条青翠蛇面对面对峙过，距离不足一米。青翠蛇不粗但很长，一般有一米半长，身上斑纹泛青色，性情温和，即使伤人也没有毒。看到它我还是害怕。它守在我面前死活不走，于是我动了杀意。我从一边折了根羊树枝，用镰刀将细的一头削得尖尖的，像竹签子，准备用它刺死蛇。我们街巷人都认为，羊树上有蛇特别怕的汁液和它最难忍受的味道。我紧紧攥着羊树签，朝蛇一小步一小步走过去，慢慢走近它时，心不由发毛、发虚起来，两腿有点软，生怕它突然抬起头，一口咬到我。我下意识做好撒腿往后跑的准备。它还没有动静，正当我手里的羊树签瞄准着准备猛狠地戳向蛇，它抬起头静静地盯着我。我盯了一眼蛇的眼睛，它眼睛和身体几乎一个颜色，里面是平静的，但像大海一样庞大的平静里储满力量，随时会风起云涌，掀起滔滔巨浪。我是被它摄进眼里了，可它对待我的态度平静安详。它可能还在端详我，解析我为什么闯入它的鸟语花香的家园，打破它本来平静安闲的生活，问我怎能这么固执己见，不肯退出它的草地。它也许在揣摩，这个人此时此刻面对它，胆子看上去很大，不过从黯然的目光里看到了胆怯，从脸上发黄和痉挛的情形，还有微微抖颤的两腿上，看到了支撑身体的意志正在一点一点失散、溃逃。我有的一点胆量是假的，是贴在外表做个平静的样子，保持做一个人的尊严。蛇越平静我越不安，两腿发软，手里的羊树签越是抖抖地无法戳向它。平静是大气象，大文化。蛇的平静逼使我心里防线垮塌了，恐怖起来了，蛇这时应该调整姿势，摆开架式，吸上一口气，稍稍使上一点力气，我就会惊吓得手足无措，尿裤子瘫软在地上，成为它的战利品。蛇却没有敌意，依然守着自己的领地，平静地守着我。平静是一把匕首，是一道魔咒。当时，我年幼无知，没有品出平静的博大精深的包容和谐的内涵，想不到把蛇与人当作大自然中的并存依赖的生命。蛇原谅了我冒昧的粗鲁和有失教养的风度，没有用无边的魔力攻击我，让我丢掉高高在上、主宰地球上万物命运的人类的尊严，而是用平静善待了我这个貌似强大的人类。

蛇是把我看透了，把我心里所想的看得清清楚楚，它眼睛没有再看我，也许根本看不起我，心里讪笑我，真是没用，纸老虎，这么点胆量怎么还硬充人呢？蛇从一边的草丛里慢慢游走，它的身体是那么柔韧和灵巧。

华丽的火星潮

火星潮是大海华丽的想象,不过,它是确确实实的火星。夏秋立交的夜晚,一弯新月,星光下的小镇海边,到处能看到起伏跌宕的火星潮。它像许许多多绿荧荧、亮闪闪的火星,散落在海面上。

进入夏秋转换,虽然秋高气爽,骄阳在海上的蒸发却愈发加大,磷、盐比例上升,海中的生命遗骸、腐植质在潮水与海滩的作用下,夜晚涨潮时,波涌浪腾,磷便绽放出万千星点点的火星。

海滩上的火星潮最好是远远地眺望,一道一道长长的潮水蜿蜒着、游动着,翻卷着白色的浪花,在夜空下哗哗地喊着,朝海滩上兴奋地涌动着。潮水上滚动着、蹦跳着、飞踔着无数绿得炫目的火星,火星连成串连成片,在波浪上翻腾着、舞蹈着、燃烧着。

小码头里的火星潮只凭眼睛看是不够绚烂的,看不到那有灵有神的性情,只有把手伸进散满火星的海水里,才能找到感觉到火星潮美学的意境。在小码头上,眼睛可以贴着海面尽情地欣赏火星潮,海上的一颗一颗火星像夜空里排列有序的星星,奇妙的感觉使你分不清是在天上还是在海上。海面平静如睡,密密麻麻的火星像刚睡醒过来的一只只眼睛一样,又光亮又精神。朝海里抛一块小石子,"噗嗵"一声,像池塘里的青蛙叫,激起一簇火星,形似礼花。手在海水里轻轻一搅,手上臂上像沾满了萤火虫,绿晶晶的,闪耀着,明灭着。挽起裤腿,两脚插进海水,一只只小虫般微绿的火星爬满腿上。

大海的浪漫是到了极致,海中的所有生命,最后也要把最美丽绽放出来。

大海不放弃任何一个暗示和慰藉脆弱的人类的机会,活着的绝唱需要自信、自在和精彩。

沙滩上的鲸

小镇人什么时候起对大海肃然起敬，顶礼膜拜，那时候还没有我的爷爷奶奶。我这血肉自从降生到小镇上，还不知道什么是海，只能朦胧看见海的时候，对海就有一种至高无上的神圣。心里刚能记事，大海给了我一个威严无比的展示。是中午，我们坐在凉棚下，都端着大瓷碗正在敞开肚皮子朝嘴里扒搂南瓜汤面条子时，周围人纷纷跑出屋，大惊小怪地嚷嚷着，有的爬到屋顶上，有的蹬到墙头上，小孩子骑到大人脖子上，惊骇地朝对面海峡里看。长长的海峡里呈现了一幅从未有过的惊天动地、大气磅礴的壮观情景：一只一只鲸鱼，排着长长的队形，从外海犁开浪花，有序地朝港里游过来。它们脊梁高高地露出海面，像礁石，像帆船，在阳光下闪耀着炫目的光芒。它们的队形颇有意味，领头是一只鲸鱼，后面都是每排三只，最后尾部又是一只。仅从这一点细节看去，人类千万不要自作聪慧，盲目傲慢，可以充当地球上的独裁者。人和鲸的生命有多大差异？都是生命。呵护别的生命，也是护卫自己的生命。鲸是有思想的，只是我们语言不通，不知道它在想什么。鲸肯定也在捉摸我们人类，这些身体虚弱、长着两根木棒一样粗的腿的怪物，眨巴着鱼一样的眼睛，摇晃着圆皮球一样大小的脑袋在想什么？他们为什么看着我们，他们有思想吗？也许他们有思想，可能与我们沟通不了。行进中的鲸，也许知道了我们在看它们，为了炫耀自己在大海中的力量，还有它们比人类顽强的意志和团结协作精神，突然间推涛作浪表演起来。领头的鲸呜呜叫了几声后，稍停，每只鲸在一个节拍里，一会儿打滚，一会儿翻筋斗，一会儿腾空跃出海面，背朝海面落下来，砸得海里"咚咚"地响，浪花高扬，一会儿身体几乎垂直地扎入海里，巨大的鳍肢展开，像是一只巨鸟展开翅膀一样。狭长的海面上倒海翻江，白浪滔滔，水雾苍茫。这段时光浓墨重彩地展演了十几分钟。

老人们说，是"龙兵过"。这震撼着我多年，今天回味时心里依然被震撼撞击着。更撼我心魄的是镇上人被"龙兵过"所慑吓的情景。他们心悸地想，鲸鱼怎么这么多地从小镇经过，会不会带来什么灾祸？海边帆船上的人，在船头上，公公正正摆上案子，供上猪头鸡蛋什么，点上香，炸响鞭炮，向着鲸鱼群跪倒，连连磕头求拜，祈求平安。小镇有渔船上人，曾被鲸猎杀过。

鲸有吃人的。吃小镇人的是虎鲸。小镇的沙滩上，曾被大海送上来一只鲸，是黑夜里送上来的，第二天早晨有人发现它躺在沙滩上，一动不动，死了。小镇一下轰动了，人山人海、扶老携幼，春节看大戏似的，涌向沙滩。天哪，海里的神灵，这么大的鱼，怎么会躺到沙滩上？我惊愕住了，眼前的鲸鱼怎么这么大，像一座山呀！我是蹬着木梯子，爬到它身上的，双脚踩踩它的身子，紧绷绷的，手摸一把它的背上，一闻，散发出刺鼻的浓腥味。老人用严肃的语气告诫年轻人，这鲸在海里是触犯了龙王戒律，很可能是吃了人，被龙王惩罚了，送上来示众的。这海里呀，地上有什么它有什么，鲸鱼吃了人就要偿命，一命还一命。有人提出吃了鲸鱼肉，老人连连低声说，这么大的鱼不能吃，有灵性。说这话仿佛生怕海龙王听见似的。

这只鲸有优美流线型的巨大身躯，黑白分明的斑纹，眼后方有两个卵圆形的大白斑，宛如两只大眼睛。我想象到了它威风八面的潇洒游泳姿态。我想对了，有人说，它虽重，有七八吨重，但它行动敏捷，游泳快速，每小时能达到三十海里。

我不敢想象虎鲸吃人时的样子，不敢想象它狡猾的凶险，会肚皮朝上一动不动地漂浮在海面上，等待猎物接近它，马上露出饿虎扑食、饥不可待的暴躁性情。虎鲸的口很大，上下颌各有二十几颗十三厘米长的锋利牙齿，大嘴一张，尖齿如锯，上下颌齿相互交错，被猎之物只有等待被撕裂、切割。那天，小镇五个人在一条帆船上，捕的鱼多，回来时暮色苍茫。突然间，觉得船身受到剧烈的震动，几个人都大喊触礁了，准备跳水逃命。这时，他们几乎一块发现了虎鲸，原来船是坐在了鲸身上。他们惹上了虎鲸。它咬住船，一边撕咬，一边用尾鳍进行鞭打。帆船在一只虎鲸嘴里，被害得上气不接下气，晕头转向，体无完肤，沉沉浮浮。他们以为是鲸饿了，把船上的鱼抓起来，朝鲸鱼嘴里扔，它吃也不吃，看样子硬是要索他们的命了。他们无计可施，急怒了，豁出去了，拿起竹篙子、橹、叉子，对准虎鲸一顿猛打。谁知道，它打都赶不走，被帆船拽着走。帆船还是被它弄翻了，吃掉两个人。

虎鲸害人，也害同类。人又怎样呢？人对人是狼，人会吃人的。人本不吃人，但被人有意无意中害了，就学会了吃人。虎鲸害人是不是被人所害所逼呢？

想象出来的海市蜃楼

大海的想象力真大。我这样认真地琢磨过，人的想象力肯定是受大海的启示和指点获得的。在海边生活的人比内陆人有明显的优越感，湿润的空气和灵动的海浪，使他们浑身上下的筋骨都舒展开了，透着鲜活生动的水灵。让我最难忘、最想念、也最蔚为壮观的是海上的海市蜃楼，根本不要说内陆人能有这样的幸运看到这奇幻美景了，即便是海边人也有很多很多没有见过。我是亲睹过的。那是夏天，天蓝得像深海里的水，海里波浪很乖，不声不响，平淡得像一湖死水。远远的海面上迤迤逦逦悠闲地飘着细细缕缕白云一样的雾气。一闪眼间，蒙蒙的雾气在那一张宣纸一样的海面上铺展开，我虽看不见生花妙笔的踪影，却分明见到那支细细长长的画笔轻轻地一点一戳、一勾一划，顿时，一座奇峰拔地而起，一片桅帆迎风而来，一群冰天雪地的跃马嘶叫，一圈城堡苍苔斑驳。我感叹大海的神力，雾气的一种单调的白色，寻找出清清晰晰的远近关系，或浓或淡地点染出万千生命气息的润泽，线条柔韧，姿态飞扬，或似断非断有断续之美、或带出一丝幽燕之气。我真的怀疑是自己的幻觉，而这千真万确的就在眼前。画笔摇动着，笔锋一抖，画面上不仅描绘出景观，还涉猎历史人物、人情民俗，一个个人物有神有貌，人物形象与山水互为依托，又交织、融汇于一体。一幅幅图像由笔端流淌出来的时候，那种气象和风采，是地球上人类的文明无与伦比的，大海用她向人类证明、炫耀着她的想象力操控了人类。这种景象一直在变幻中演绎，一般有三十几分钟，直到雾气一点一点淡去。

大海最大的贡献就是想象力了。

没有大海，人或许就失去了想象力。

想象即是发现。想象一旦出来，就意味着它同过去的告别。我们这个世界正因有着想象不断地发现而延续和存在。

想象的获得，是在随意间，怀一种漫游的心境。它常常可遇不可求。

我的小镇人靠海吃海，很有想象力的。靠我的小镇不远的地方，出过两个很有名声的人，可惜他们都是古人，一个是"镜花缘"作者李汝珍，另一个是"西游记"作者吴承恩。这两人靠对大海的想象和大海给予的开阔的发现，把人的一种全新的形态摊开在时间面前。吴承恩是淮安人，但他常来连云港海边，没有人可以像他那般对海的迷恋，海在他那里，只有一个接一个的想象，只有一个接一个的生命，只有越走越远的心，只有越来越走近属于自己的实实在在的茅屋。

有时我也搞不清，当代人的想象到底是不是匮乏了，海还是那海，怎么就没有大想象的文学作品出来呢？是人的剧变，还是现代性的剧变？

有时我也害怕，在想象面前，有时多跨大一步，就成了幻觉的废墟，会让人疑心是不是神经系统犯了难处。

灯 鱼

最后一班小客渡拖着长长的灯影离岸了。

海湾里静静的。这里没有人家，只有岸边不远的一家小工厂的灯火穿透夜的黑纱，射到海面上，别的，一切都沉浸在黑色里。

我焦急地站在小码头上等候船只。三个朋友今晚要赶到对面的海岛上办件要紧的事儿呢！

"买灯鱼吧？"一个梳着齐耳短发的小姑娘，赤着脚，挎着竹篮子，站在我面前，甜脆地问道。

"灯鱼？"我惊奇地望着小姑娘，从篮子里拿过一只灯鱼。这是一种奇特的鱼，在远海常常能能捕到这种奇特的鱼。它一拃多长，肉嘟嘟的身子，脂肪很多，晒干后，穿上一根灯芯，立起来当灯点。我想买一只留念。

"一只多少钱？"我掂掂灯鱼，兴致勃勃地问。

"一块钱。"小姑娘脆生生地回答道。

"一块钱卖不卖？"我狡黠地问。

小姑娘摇摇头，从我手里拿过灯鱼说："我大大从那么远的海上捕来，熬风喝浪，才值一块钱？……"

我不屑一顾地把灯鱼扔回到她的篮子里，说："这么点东西，这样贵,没有眼睛说的话!"

小姑娘眉毛动了动,牙齿咬住发抖的嘴唇。她流泪了,两眼紧紧地眯着。

"小张!"朋友这时喊我,"有船啦!"

我趁机摆脱这难堪的场面。

海边轻轻地摇荡着一只舢板。我马上又沉浸在兴奋、激动的情绪里。我是要用舢板载朋友过海。我刚刚学会摇橹,想今天能过过瘾。朋友们跳上舢板,我把海滩上的铁锚搬上船,准备启航。忽然,我犹豫了,听人说起过,这海湾里有不少礁石,白天,无风无浪行船还可以,可到了晚间,尤其是大风大浪天里,就是常闯海的人行船都有些吃力。我有点怕了,可朋友们又急着要上岛……

圆月悄悄升上中天,月光照在海面上,大海现出柔和的色彩。我心亮起来了,这么好的月色,行船没问题。这天保证不会起大浪,即使起大浪也不怕,听人说,这岸边小码头上的灯光就是灯塔,看准了它,撞不了礁石。于是我操起沉沉的大木橹,朝海滩上一撑,舢板离岸了。

"哎……"小码头上有个人,朝我们不停地挥动两手,顺着海风,可着嗓眼招呼道:"回来……"

借着月光,我分辨出来了,原来是卖灯鱼的那个小姑娘。她的呼声,踏着海浪,在静夜的空气里清清亮亮地飞过来。

我停下了摇橹,朝声音发出的方向望去。她站在那里,挥动两手,呼喊着:"我大大说……今天月亮套风圈……刮大风……"

我望望天,圆月旁边黄半圈。听人说,圈儿套月亮,大风满天扬,没听说过,月旁边黄半圈,大风满天扬。我一只手套在嘴巴上,做成喇叭形,朝她大声喊道:"没事儿,我们有眼睛……"

哗……哗……静静的夜空中响着飞快的摇橹声音。

一小时后,朋友们上岛了。我独自摇着舢板回来。船行到半途,起浪涌了。我身子不由地摇晃起来。这时，圆月也钻进了云层，海面被黑暗紧紧包住了。一层一层黑色的浪涌，像一堵一堵高大的水墙，从黑暗中压将过来。一排浪涌把舢板一会儿托上浪峰，一会儿又甩下浪谷。我心揪得紧紧的，心里明白，一场风暴在远处开始发作了。若再来几个大浪，我脚下的船肯定要船底朝天的。我一手操起木头畚箕朝外戽水，一手稳住橹，迎住浪涌，防止撞上礁石。现时，看准小码头上的灯火直走，还来得及上岸。

橹，摇得海水哗啦啦地响。

这时，岸上灯火突然熄了！我心陡地塌了下来。我想，莫非是眼睛看花了吗？揉揉眼睛，朝前看看，还是黑漆漆的。我恍然想到，这海湾常停电。我紧张得浑身汗毛竖起来了。看不见对岸的灯火，那就失去了方向。顿时，泪水涌出了我的眼睛。不知怎的，我想起了卖灯鱼的小姑娘，她的招呼声在我耳边轰响起来……

舢板被浪涌一忽儿打向东，一忽儿打向西。我觉得头发沉，心发慌，不一会，"哇……哇……"呕吐起来。我做好准备，如舢板撞上礁石，就抱住橹跳下水……

亮光！我眼前蓦地跳出一星鲜红的灯火。啊，应该是小码头上的灯火。这是什么灯火？是哪个好心人为我点亮的？刹那间，一道生存的闪电划过了我的心，让我周身的血液燃烧着。迎着灯火，我的舢板飞快地左右摇晃着向前摆过去。

舢板靠上小码头，刚抛下锚，我腾空一跃过去。走了两步，直觉得天旋地转，腿一软，瘫坐在礁石上。歇了歇，我翻腾的心才算平静下来，抬眼见一只小手拿着一只灯鱼，另一只小手不时地遮挡着海面上吹来的风，跳动的火苗，映照着小姑娘冻得青紫的小圆脸。卖灯鱼小姑娘！我一骨碌翻起身，捏着小姑娘的手，激动地抖着嘴唇，问："你点亮的灯鱼！？"

小姑娘笑了笑，眯着眼睛。

想起刚才在小码头上买灯鱼的事,我心里一阵难过,说:"小妹妹,我……对不起你,别记恨……"

"谁记恨了?"小姑娘嘻嘻地笑了,脸蛋上现出两个深深的、甜甜的小酒窝。

"那你睁开眼睛看看我啊?"我喜上眉梢。

小姑娘抿抿嘴。

海上翻起大浪,远处近处轰响着闷雷般的声音。灯鱼火苗忽闪忽闪的,起风了!小姑娘急忙用手遮住灯鱼的火苗。她把灯鱼塞进我手里,说:"给你,照个路,我要它没用。"

我愣了。

小姑娘笑了,轻轻地说:"我眼睛看不见东西。"

瞎子!我头脑里嗡地一响,两眼呆呆地盯着手里灯鱼跳动的火苗。她怎么会是瞎子?她做的事,我这个有一双明亮眼睛的人能做出来吗?不,她不是瞎子,她眼睛像灯鱼火苗一样明亮!

灯鱼火苗红红的,微微地摇曳。

养海带的女孩子

一天，母亲突然给我家带来一群养海带的女孩子。

母亲的老家在海边半岛的西墅，距我们小镇二十多里路，岛小人多，大多数人都被派出来养殖海带，这成为他们的主要收入。母亲对老家一往情深，当老家的生产队长来到我们小镇上，见我家有两间空闲的房子，孩子又小，提出到小镇养海带的一部分女孩子没地方住，想安排住我家，母亲喜笑颜开，一口应允。女孩子们大的二十几岁，小的十五六岁。母亲喜欢脸庞长得俊、又常挂笑容、说话甜心的女孩子。有时，她们也讨我好似地逗我乐，我不善玩笑，尤不善与女孩子说笑，往往一句话没说出来，已臊得脸红耳热。

女孩子大都生得有模有样，虽常年下海，风吹日晒脸上发黑，但也遮不住一头乌发、一双俊眼和苹果般圆润光泽的脸庞那诱人的青春气息。她们都懂事，我只听见她们开心地说笑声，没听见过她们吵嘴声，冬天从海边干活回来累得不行时，最多小声嘀咕一句，"今天我手皴了。"阴天下雨，她们坐在地铺上，齐刷刷地纳花鞋垫子，我知道那是给她们男朋友或给将来的男朋友准备的。

我真的喜欢上她们了。喜欢看着她们甩着后背上发亮的辫子在院子里跑来跑去，喜欢听她们相互间的玩笑声和招呼声。她们比我大不了几岁,可在我面前处处显示出大姐一样的成熟和吃苦耐劳。天气最寒冷的季节,正是她们要每天出门坐在海边干活的时候。我凑过热闹,看过她们干的是什么活。那天天气不好,阴沉着,海边西北风吹响着小哨子溜溜地刮,女孩子们一字排开地坐在挡浪坝能遮风的内侧坝边斜坡上,个个头和脸上被花花绿绿的毛头巾紧紧包裹起来,只露出一双眼睛,两手伸进大木桶里冰冷的海水中不停地理弄着海带苗子。这苗子一拃长、半寸宽,一片一片的押在缆绳上。男人们把缆绳上的苗子扛上舢板,运到海里,固定在一个地方养殖。海边的女人是男人身后的一道影子,拣尽寒枝不肯栖,干的活虽琐碎却要比男人辛劳,更显示出坚韧。她们甘愿比男人吃苦,有好吃的男人先吃,有好享受的男人先享受。是男人天生的体格和气魄就是顶天立地,挟持着女人,还是女人天生虚怀若谷、爱恋着男人?女人在男人面前有一种孤独,这孤独是孤灯下的一碗白开水,独啜却无味,想象到遥远的一个男人动着嘴唇却听不到他说什么。海边的天气冷得奇怪,风里还不时飘落着一朵半朵的雪花。女孩子们鸦雀无声地坐在雪花天地里,一个个头上的包头巾像绽放的花朵,醒目妖娆。她们仿佛不是在理海带苗,而是在倾听雪花落地的微妙的声音,生怕发出一点声音惊飞了雪花。她们两手在冰冷的海水里一泡就是一天,冻得僵直、发青发紫,裂开一道道细细的血口子。她们常常是理一会苗子,把手放在嘴上哈哈热气,取取暖,活络活络筋骨;或是两手笼进棉袄袖里或是插入棉袄里焐一会儿,有点苏醒、暖和了,拿出来再下水。有小伙子或男朋友看了心疼,找了些小木头和柴枝,在女孩子身边支起来,点上火,给她取暖。女孩子一双手在小小的篝火上一烤,立时从冻麻中灵活起来,脸上也通红地有了光华,话也有了,笑也有了,像是春风提前赶到了寒冬腊月的海边。

在漫长的冬季海边度过每一天,还是离不开太阳。

太阳从海面上升起来，低头理海带苗的女孩子们抬起头，纷纷面朝阳光，让温暖沐浴。

太阳像是海的眼睛，看到了女孩子们头上的花巾落满雪花，看到了她们在海水里的一双手冻得像透明的红萝卜，心随着她们的每一次用嘴哈手而跳动，撒下成千上万条温热的光线。

冬天的太阳与春夏秋季节不同，热不起来，颜色不一样，激情也不高涨。早晨，太阳在海面上流金飞丹，铺上一条展示出新的放射着异彩的广阔天地，浓郁的金色与山脉、港口、海滩、海鸥、海滩上的波浪联系在了一起，把一种热腾腾的爱呈现出来。太阳一点一点升起来，在寒冷的空气中光芒却愈来愈淡弱，俨然成为一个大冰团，银晃晃的，温热愈来愈少，照到人身上像没有温热似的。

仅这温热，我崇敬太阳。这一点温热，是对苦难的慰藉。

太阳是大海爱的最高形式了，太阳是爱心之感动。

大海该是地球上生命的最后净土了。

红嘴海鸥

退潮了。

湿漉漉的沙滩,像一块金色的地毯。海鸥成群成群的,翱翔着,盯踪着海面上洁白的浪花,发现小鱼小虾,翅膀一并,"呼"地冲下来,衔着,冲上天。

我跑出礁石丛,蹦跳着跑上松软的沙滩,放下拾有蟹子、海螺、小虾的篮子,仰脸望着天上飞来飞去的海鸥,两臂像海鸥的翅膀举向天空,热烈地扇起来,大声喊道:"嘀……嘀……"我跻起脚,把鞋子甩向天空,把海鸥轰地惊飞得远远的。

学校放假,我常常在沙滩上玩耍。我仰躺在热乎乎的沙滩上,眼睛看着天。天上像海一样静,像海水一样蓝。我忽然发现,天上没有一只海鸥。我一骨碌翻起身,望着波光烁烁的海面,想着说:"哎,海鸥都哪里去了?"

我脑袋朝一边歪歪,呀,海鸥密密地聚集在离我不远的上空。一只一只海鸥朝沙滩冲下来,衔我篮子里的小鱼小虾。篮子翻倒了,蟹子爬满沙滩。

"贼东西!"我的肺简直气炸了,腾地跃起身,从裤腰带上摸出弹弓,包上石丸,摸了过去。

我的弹弓打得很准确。一年,海里起大风,系在海带缆绳上的玻璃浮被折断下来不少。海边站满人,端着长长的竿子捞玻璃浮。一只玻璃浮卖五毛钱哩!我怎么也捞不过人家,还受人欺负,被占去有利地势。我急了,躲在人后,操着弹弓,对准漂来的玻璃浮,弹无虚发,击得粉碎。

逼近了海鸥,我咬着牙齿,绷紧弓弦,瞄准一只海鸥,射出石丸。海鸥被击中了,疼痛地长叫一声,连连扇着翅膀,丢下几片羽毛,歪斜着身子,飞上天,那些海鸥都惶惶恐恐云朵一般地逃离沙滩。

海鸥,密密的,像几十、几百片树叶在我头上飞来飞去。我仰望着,心想,它们是不敢下来了。

突然,一只海鸥收拢发光的翅膀,头一勾,箭一般直射下来,落在沙滩上,蹦蹦跳跳,张张望望,向篮子蹦跳过去。我简直不相信自己的眼睛,有这样大胆的海鸥会不知死活落下来。海鸥吞了篮子里的一条鱼,尖尖的嘴对着沙滩擦擦,昂起头,神情自然地望着我,俨然一副挑战的样子。我受不住它的眼睛威逼,弹弓对准了它,刚要发射,它一纵一跳,最后,翅膀一扇,飞上了天。盘旋几周,它降低高度,在我头上飞来飞去。猛地,冲下来,从篮子里衔起一只虾子,向我冲过来。我一时措手不及,有点招架不住似的。它越过我头顶的一刹那间,翅膀遽烈地扇着,那么有力,啪啪啪地响。它飞得那么低,擦着我的头皮掠过,我嗅到了它身上浓浓的海腥味。它的翅膀刮起的风逼得我眯缝上眼睛,两腿连连后退。突然,我发现,它的嘴是红色的,心里一阵狂跳。这海湾里是没有红嘴海鸥的,都是银鸥,白色的嘴,哪来的红嘴海鸥,这么厉害,人都不怕!

红嘴海鸥飞出海湾,向远处飞去。

涨潮了。我木木地立在沙滩上,潮水漫漫地浸到我的脚趾。我被红嘴海鸥的气势镇住了,败给了它!我的心难以平静,想报复,找到它，用弹弓揍下它！

日子，一天一天过去。每天，太阳刚刚跳出海平线，我就奔跑到沙滩上，寻找红嘴海鸥。学校眼看开学，还没有找到红嘴海鸥。

红嘴海鸥哪儿去了呢？

太阳红红的，冉冉升起。大海染红了，跳跃着一朵一朵鲜活的火苗，沙滩染红了，抹上一层绚烂的金辉，刚刚睡醒的海鸥沐浴着太阳红色的霞彩，嘹亮地叫唤着。我无心欣赏瑰丽的景致，沿着沙滩向前走，登上山坡，向出海口走去。

出海口，风大了，呼呼叫，浪大了，像洁白的小绵羊，一朵紧赶一朵地朝前跑，拍在岸边铁鞭似的叭叭响。

港湾里，一群海鸥翅膀击起一片白茫茫的水花，旋风似的离开海面，掠过我眼前，歪歪斜斜，向远远、远远的一座小岛飞去。

我心里一亮。听大人说，那岛上有好多好多海鸟，遍地是海鸟蛋。红嘴海鸥的家肯定在岛上。我决心上岛看看。

海边漂荡着几只舢板，上面有篙子、橹。镇上人回家都将篙子和橹绑扎在舢板上。我脱下鞋子，掖在腰带上，挽起裤脚，拔起一只舢板扎在沙滩上的小铁锚，涉过水，爬上舢板。我操起细长的篙子，对准浅滩，东边点一下，西边点一下，舢板悠悠地离开浅滩。水深了，我操起橹，一推一扳地摇将起来，橹后旋下一串一串滴溜滴溜转的漩涡，舢板犁开像梨花一样洁白的浪花，飞似的跑起来。

我一踏上小岛，一只一只海鸥呼啦啦地从四面八方飞起来，遮满小岛。

小岛，其实是礁石丛，不大，光秃秃的，无草无木。有的礁石被海浪冲淘得圆溜溜，像枚大鸭蛋，有的百孔千疮，如马蜂窝，有的形如卧牛，有的活像海龟……

满天的海鸥绕着小岛呻吟。礁石上的海鸥用疑惧的目光盯踪着陌生人，咕咕咕地叫。礁石缝里没有什么海鸟蛋，也许被来岛上垂钓的人拾走了。

我猫着腰，捏着弹弓，瞪着眼睛，屏息敛气，东张西望，搜索红嘴海鸥。可绕岛一周，没有结果。

我向岛顶上摸去。岛顶是三块大礁石垒起来的，上面生着毛绒绒的青苔，滑溜溜的，很不容易攀登。我顺着礁石之间的隙缝，蹬着凹坑，朝上攀。攀一阵儿，我朝四周观察观察，看见每一个不大的洞里藏着三四只海鸥，它们看见了我，扑愣扑愣地乱飞出来。我的手刚伸上岛顶，上面几十只海鸥一阵风地飞起来。蓦地，我眼睛一亮，发现其间有红嘴海鸥，顿时热血沸腾，像猫一样机灵，从岛顶上溜下来。

红嘴海鸥落在一块刚露出水面的礁石尖上。

我给弹弓包上一块又硬又白的圆石块，瞄准上红嘴海鸥。

红嘴海鸥安详地站在礁石上，嘴巴在水里甩甩，梳理梳理羽毛，洁白的羽毛亮闪闪的，它一只腿缩起来，一只腿支撑着身子，好像睡着一样，一动不动。

从弹弓上射出的石块拖着一条耀眼的白光，射中了红嘴海鸥腹部。它凄厉地呻吟，连连扇动翅膀，想继续站在礁石上，却怎么也站不住，歪歪斜斜，要朝海里倒。一股殷红的血水洇红了羽毛，滴滴嗒嗒落在礁石上，渗进海里。它拼命地想昂起头，展开翅膀，于是用力扇翅膀，要飞起来，飞上岛去，但它无论怎么也飞不起来。血染红了它的身子，终于，翻白着无救的眼睛，挣扎着掉进海里。海水浮着它。它染红了身边的海水。

"哼，看你神气！"我想到那天被它嘲弄，煞恨地喃喃道。

突然，我被海面上的奇观震慑住，禁不住发出一声惊异的喊声："鲨鱼！"

鲨鱼，海里的强盗，虎一样凶狠。它灰色的身子，像潜水艇一样，将海水一分两开，吞云吐雾地扑向红嘴海鸥。

我吓得紧紧眯上眼睛，不敢看鲨鱼吞食红嘴海鸥的一刹那。我听到红嘴海鸥惊惧哀怜的"欧欧"哭声，听到它长而宽的翅膀挣扎着急遽地拍打着水。一阵儿，我镇定地睁开眼睛，看见的是一片水的烟幕，红嘴海鸥狂扇着翅膀，贴着海面，向远处飞跑，那洁白的羽毛和搅起的洁白的水花融为一体，爪子像锋利的犁铧，插在海水里，刺开海浪，划出一条亮亮的直线。

鲨鱼转了一圈，包抄着红嘴海鸥，灰色的身子闪现着冷光，像剪刀一样的尾巴，凶恶地鞭抽几下海浪，砸得海浪粉碎。猛地，它凌空腾起，露出洁白光亮的肚子，像个酩酊大醉的黑汉子，双眼瞪着天空，扑向红嘴海鸥。

不知哪来的力量，红嘴海鸥平展着翅膀，不顾一切地离开海面，鲨鱼的嘴巴擦着红嘴海鸥的细细的爪子掠过。鲨鱼笨重的身子一滚，恼怒地用像刀一般锋利有力的鳍，击起一排水花，深入水里。

红嘴海鸥向岛上飞来，看出惊惧还在心里，明亮的眼睛搜索着海面，翅膀一张一张，身子忽上忽下，每飞出一步，显得十分吃力和艰难，随时随地有掉下来的危险。

呀，它真的像一片树叶摇摇摆摆掉下来，落在海面上，鲨鱼从一边"哗"地冒出水面，箭一般地劈开海浪，气势磅礴地压过来。

我的心一下提到了喉咙，两只眼珠子鼓凸着，叫起来："快飞起来，鲨鱼追来啦！"

"它能飞起来吗？"我紧张地想。

红嘴海鸥恐惧地呻吟。我捏着弹弓，恨不得能帮助红嘴海鸥出把力，可是隔着那么远的海水，石块射不到鲨鱼……

红嘴海鸥扇动着不灵活的翅膀，离开了海面。我高兴地蹦起来，用手招呼着："快往岛上飞！"

鲨鱼嘴里喷射着水花，深深地埋进水里，海面激起一串高高的水花。

我不由敬重起红嘴海鸥。是呀，我战胜红嘴海鸥算什么，红嘴海鸥孤单单的，带着那么重的伤，竟然战胜了人都难以战胜的鲨鱼。是大海教会了红嘴海鸥勇敢，也是大海教会了人的勇敢。

红嘴海鸥慢慢向岛上飞来。我心里忽然像小刀割一样难受起来，不是我，红嘴海鸥能这样吗？我真担心它掉下来，睁大眼睛望着，手里紧紧捏着一把汗。

突然，海鸥像一块石头沉沉地掉进海里，我不顾一切，忘记了附近的鲨鱼，像在浅滩里游泳一样，自然地跳进海水里，游向红嘴海鸥……

几十只海鸥平展着翅膀，在我头顶上盘旋，深情地"欧欧"叫唤……

蟹过无味

小镇人，爱吃鱼，盼着五月，想着十月。五月鱼虾肥美，饭桌上顿顿有海鲜；十月菊黄蟹肥，鱼虾遍地。小镇人吃的鱼有带鱼、鳓鱼、马鲛鱼、黄季鱼、鲫鱼。吃鱼不讲究，可做熟的鱼味道原计原味，鲜味绕口。一般有四种做法，烤、蒸、汤、烹。鱼烤出来都可口，但黄季鱼放在炭炉上烤出来最好吃，油滋滋响冒出来了，又软又硬，又鲜又嫩，鱼是鱼、刺是刺的。鳓鱼做法特别，若这一天没什么可口的菜，就拿出腌制出来的鳓鱼，刹下两截，放在碗里，洒上葱花蒜苗，滴上豆油，略倒上些开水，置于将干汤的大米干饭上，饭好了鱼也好了，那鱼肉咸香，刺也咸香，鳞片也咸香，常常是嚼烂咽下喉咙，用上两小块鱼肉吃下一大碗米饭。吃马鲛鱼要吃鱼籽。这鱼籽烤了好吃，蒸出来更好吃。大人一般不让小孩子吃鱼籽，说一粒鱼籽一条鱼，吃了将来不识字。大人有了鱼籽就会喝酒，咬一小口鱼籽，喝上三小盅烧酒，喝了还唱，还手舞足蹈地神侃。小镇人家来了客人必有鱼，有鱼才成宴。喝酒吃饭，最后都要有一条红烧出来的大的整鱼，才算是对客人的尊重。红烧大的整鱼是要些功夫的，红烧出的鱼要体肤完好，不能缺一块肉，不能少一根翅。

买鱼要到鱼市上。小镇鱼市有两个，大鱼市在商贸街上，小鱼市在渔业公司小码头上。人都喜到小鱼市买鱼，品种多，又新鲜和便宜。渔船一靠岸，就靠小码头，鱼一卸下就上市。鱼市上潮漉漉的，飘荡着浓重的鱼腥味。人与人挤出的水泥小路上湿漉、沾腻而光滑，船上人和镇上人都习惯在人群里相互挤抗，脚踩着鱼虾留下来的体液与泥土混合成的污物，发出吧唧吧唧的响声。路上有渔人扔弃的虾婆、海肠、海豚鱼和小鱼小虾，镇上人嫌虾婆毛刺多戳嘴不吃的，嫌海肠没骨没肉腻味，疑心海豚鱼有毒不能吃。有渔人抬着重实实的鱼筐过来，他们脸上挂着的一颗一颗汗珠又亮又大，抬手抓一把，随意一扔，喷得周围人不干不净地骂。渔人抬着的鱼筐里的鱼亮闪闪，像一汪银子，不小心筐里的鱼撞了人，弄得人衣服上一团鱼鳞和沾液，那人就气得说难听话。抬鱼人乐呵呵地说，你过来买鱼，给你便宜。那人转怨为喜。阳光下的鱼市蒸腾混合着鱼虾的海腥味、海的盐腥味和渔人的汗腥味，你想离开小码头躲避这浓烈扑鼻的混合气体是不可能的，因为海风吹满了小镇，山上、人家、街巷里全是海的气味。

　　有人买鱼跳到船上，又被船上人推下来。船舱里全是鱼，鳞光炫目，船上人用铁锨一下一下朝岸上戽鱼。起初船上人抬着鱼筐用大秤称来卖鱼，后来买的人多，忙不过来，嫌麻烦，索性不用秤，鱼装满大筐粗粗一估价就卖了。

　　商贸街上的大鱼市，一条狭长的在涧沟上用水泥板铺成的路两边，简单的店铺一个挨一个，多的是海货店，其间也有杂货店，卖些布料、盐油酱醋、雪花膏、糖果点心、年画小人书、锤子铁丝。一个个海货店简直是大海的博物馆，海里的鱼这儿差不多都有，不过不是鲜鱼，都是鱼干子。外地人喜欢逛大鱼市，鱼干子买了路上不怕坏，容易带回家，不像鲜鱼过夜容易变味变质，只能现买下锅烧了吃。鱼干子有大有小，大的有鲨鱼，三四米长，完完整整挂在墙上，看那铁嘴银牙，即使成为一张皮，也虎视眈眈，威风凛凛，让人心悚；巨大的章鱼干子，树须一样多的一条条张扬开的触角钉在墙上，倔犟傲气，宁死不屈。能看出来，有很多鱼干和海产品不可能是来自小镇前的海里，而是来源于热带的南方海里，有大龙虾、宽带鱼、大海螺、海葵等。

　　大鱼市海货店里有一个叫李宝仕的人，因为会烹制海鲜、会吃海鲜在小镇享有声誉，他所在的店铺也跟着他出了名，去买干货的人最多。他家大橱小橱、坛坛罐罐一年四季不离鲜味，什么虾米、海蜇、鱼籽、紫乌干、等等，应有尽有。家里来什么客人，不用上街，在屋里捣鼓捣鼓，桌上就摆上八大碗八大碟。他烹制的整鱼不会碎，红里透亮，咸得麻舌头，可特别的鲜，人吃了这一口还想再吃那一口，最后把鱼头和鱼尾都嚼烂咽下肚子，剩下的浓汤也成了宝贝，一滴不留全扫荡进碗里干饭中，搅拌搅拌，比鱼肉还好吃。说鱼汤比鱼肉好吃，鱼身上的好东西全都烧进汤里了。他吃海鲜有句口头禅，叫"宁吃鲜桃一口，不吃烂桃一筐"。每年渔汛一到，鱼蟹一上市，他就赶到小码头上，不闻不问，不管什么价钱，买上一条五斤重的大鲈鱼、半斤重的两只靠山红大蟹子，回家烹制了，请上三两好友品味。他吃鱼有讲究，第一块肉要从头上吃起，第二块不是肉，是眼睛珠子，第三块是背上肉，第四块是鱼肚白，最后一块是尾骨，总共有三十块肉。他还有一套口诀，如挟鱼头上肉时说，敲敲小脑门，送给领导人；挟眼睛珠时说，捧上夜明珠，献给心上人。这共有三十句话。

　　李宝仕会吃螃蟹上过报纸，成了小镇人的佳话。

　　会钓蟹子的人不一定会吃蟹子。吃蟹子吃出点滋味来是要点水平的。

　　李宝仕特会吃蟹子。若说他请人喝酒，那肯定是家里买了蟹子。镇上有个叫高心意的小官，只要李宝仕喊他吃螃蟹，他一定到。高心意喜欢吃螃蟹，更喜欢李宝仕边吃边谈论螃蟹。

这天，高心意带着两个来小镇采访的市报记者到李宝仕家吃螃蟹。他们先在一边喝着白开水，聊着呱。腾腾蒸气飘满两室一厅，蒸气里流动着浓烈的鲜味儿。高心意坐不住，走到外间，喊道："老李，蟹子还煮啊？我看你是存心不让我们吃，弄得满屋鲜气，肚子早嗅饱了。"李宝仕抓过桌子上的毛巾揩揩手，一脸光彩说："蒸好了，蒸好了！老高，甭看你吃过不少鲜味，这蟹子不一定吃过。"高心意说："你这话说得太死了。我们镇上产的蟹子我什么品种没尝过。"李宝仕说："知道这是什么蟹子？清一色的十月尖，俗话说，九月团脐十月尖。这季节正是吃十月尖，一只五六两重。"

李宝仕端着一碟刚从锅里出来的蟹子，走到厅里。一个记者问李宝仕："李师傅，十月尖是什么？"李宝仕指着碟子里的蟹子，说："十月尖就是十月的雄蟹子，又肥又嫩。"说着，抓过一只蟹子，手指叩击着腹部，"雄的蟹呀，腹部是三角形，三角形不就是尖嘛。"高心意佩服地说："老李，你真是个名副其实的吃鲜权威！"

李宝仕对记者说："吃蟹不能离开醋，懂吗？记住。蟹肉蘸上用酱油、醋、姜汁配好的佐料，那才有滋味！它还消毒，去蟹子腥味。"记者抓起蟹子，要掰开又红又硬的壳子。李宝仕见了，激凌站起身，喊一声："不能掰！"话音未落，他手里的两只筷子重重地压住记者手里的蟹子。记者诧异地丢下蟹子。李宝仕收回筷子说："还有这样吃蟹子的吗？"他把衣袖子挽得高高的，抓起一只蟹子说："抓蟹子前，要挽起袖子，蟹子腥味大，袖子不挽，在蟹壳上扫来扫去，会弄脏的。掰开后，里面有水，弄不好甩满衣袖。衣袖不挽，洗手也不便利，窝窝囊囊的，吃蟹子既要吃得舒心，又要图干净。"

"嘿嘿。老李真像卖乌盆的，一套一套哇！"高心意彻底地服了。他肚里吃了不亚于千只蟹子，可从来不知道这一套一套的。记者很是佩服，感到李师傅真了不起。高心意盯着李宝仕，诙谐地笑着说："老李，这蟹子我们是不敢冒昧下口了，一不小心又踩地雷。你说说吧，第一口该怎么吃，我们按图索骥，怎样？"李宝仕抖了抖手里的筷子，打开了话匣子说："吃蟹子不能像捉蟹人那样吃蟹子，和吃西瓜没有两样，用嘴啃。吃蟹要品味。要想品出味儿，一定了解是哪儿来的蟹子，有什么特点。"高心意脸面兴奋得红扑扑的，脑袋随着李宝仕富有节奏的讲话摇晃着。

李宝仕说："今天吃的蟹子，叫靠山红。为什么叫这名字，因为多生活在海边礁石缝里。海蟹在我们国家分布很广，不同的海长不同的蟹。我们小镇附近的海还产著名的梭子蟹。我们今天吃的是靠山红蟹子，个头肥大，头胸甲的宽度有一百五十多毫米。"他看见记者伸出舌头舔嘴唇，心想，话讲多了，别人等着吃蟹子呢，于是说："大家边吃着，我边讲吧。"

记者拿起蟹子不敢掰，两眼盯着李宝仕，看嘴巴从哪儿咬起。李宝仕兴奋得脸膛绯红，眼睛炯炯有神，说："河蟹哪块肉最好吃？"记者不假思索，头一扬："蟹籽，还有蟹籽旁边的肉。"李宝仕笑乎乎地，晃一晃脑袋："不是，不是。即使说对了也不够准确。应该是雌蟹的卵块，雄蟹的脂膏，大螯里面的雪白粉嫩的肌肉。"他拿起蟹子，掰断一只大螯，剥开带硬刺的壳子，筷子在碟子里蘸一星酱、醋、姜汁配和的作料，在大螯里轻轻一推，一挑，一块白嫩的肌肉跳进嘴里。桌上齐声称道。接着，大家效仿此法，品尝起来。李宝仕呷口酒，睁大眼睛问："怎样？"

高心意咂巴咂嘴，鲜味淹得他舌头简直抬不起来，含糊不清地说："绝妙，绝妙。"李宝仕嘴里挑进一块大肉，咀嚼着，津津乐道："靠山红营养丰富，与河蟹、河虾、河鱼等比起来，没有土腥味，鲜味大，与其他海蟹比，它的水分最少，热量最高，每百克蟹肉的热量是一百三十多千卡，除了蛋白质含量稍低或相等外，所含的脂肪都比其他种类高，而且维生素 A 含量也很高。一般吃一两只这蟹子后，肚子就快饱了。"

蟹子大螯尝完了，四个人目力集中在李宝仕身上，等待命令吃第二口。李宝仕捏起一只折去大螯的蟹子，掂了掂，加重语气说："现在吃蟹不能性急。"说着，掰开蟹壳子，折一只蟹子腿，把蟹子上部的脂膏一点一点剔进蟹壳子里，随后，汤匙从碟子里舀一下佐料浇上去，端起蟹壳子，蟹腿作筷子，三口两口，把脂膏搂进嘴里。三个人品评、称羡、赞慕，大口吃起来。李宝仕突然喝了一声，"停！"望着一只只瞪着自己、充满狐疑的眼睛，他说："一只蟹子眼看吃完了，你们说蟹子有没有肠子？"记者苦笑笑。高心意开怀大笑，中指轻轻地、急促地叩击着桌面，说："古书上把螃蟹叫做'无肠'公子，蟹子哪有肠子！"

"肠子被你们吃肚里了。"李宝仕显示出吃鲜权威风度，拿过一只蟹子，展开腹部，手指轻轻一拨，在内壁的中线清清晰晰有一条隆起的肠子。记者频频点头，感叹李师傅的吃鲜功夫。高心意笑了一下，说："上一年，我路过青浦吃了一次河蟹，比这鲜美得多，青浦一带品蟹学问，比你高深，煮蟹也有学问。"

李宝仕笑笑说："那蟹子不是煮的，是蒸的。煮蟹子蟹汁跑了。"高心意连连点头，对记者说："你们开眼界了吧。我不带你们来，知道吃蟹子有这么多学问吗？回去给写文章，让我们小镇也扬扬名。"记者答应了，真的给李宝仕写了文章。

我眼中的李宝仕这个人物，成为了大海的一个代名词，他的存在源自于大海。

按人类进化学理论，人的起源来于大海。人源于大海，这不是一种哲学思辨，而是一门科学理论。但这一种哲学思辨给人类带来多少闪耀的灵光，推进了文明加速的进程。

人的悲哀总以为自己的思想大于大海，以为我们能改写海的历史，赋予大海新的内容和内涵。人太盲目自信和自作聪明，还没有真正认识赖以生存的星球，就急于上天认识其他星球，急于给大海盖棺定论。人是走不出给自己设计的迷惑的怪圈了。人认识海了吗？只有海来认识人，照耀着人，给人寻找个慰藉的归宿。

　　海的真相永久是最初的爱，也是最后的爱。

大海与死亡

巨大的石块垒成的挡浪坝像一柄匕首刺破波浪,竖插在海峡里,石块上斑斑青苔,被海水浸泡得翠生生的,贴着海水的石块上布满大大小小蛎壳。坝头子一间水泥小房,是报潮所,给要进港的轮船报潮水。坝里边是港口,平风静浪,波光闪动。外边山湾里的大海,无遮无挡,波浪自由奔放,涛声粗犷嗥叫。

钓鱼的人都到挡浪坝上。站在坝上就站在海中央了,海风劲劲吹着你的头发,浪花纵欲舔着你的脚,你会实足的自信。

我是在挡浪坝上踩到波浪的,它打湿了我的裤角和鞋子,我也看清了它的一颦一笑。

我曾在坝上坐过几个半天,专门看波浪,看它的细节。波浪在四时节季里变化着,各个不同。春光丽日里,波浪像轻曼舒畅的花,不需要外面任何力度的帮助,完全依靠自身的惯性,轻轻松松地,一波接一波地涌动着,涌向岸边,在岸边没有叹息声地退回来,再涌上去。我脱得身上一丝不挂、光溜溜地仰睡在这海面上,波浪细细地簇拥在周围,像一条条舌尖,柔媚地舔着你的耳朵、眼睛、手、脚,又像一条条小鱼,偷偷摸摸咬着你的耳朵、脚趾和两腿间的玩艺儿,让你痒痒的、美滋滋的。

小镇人，尤其是我的街巷里人，见到海里没有大浪，全是细细的碎波浪，两眼乐得眯成一条线，喜出望外，全家人倾巢出门，到海滩上捞炭。这是海滩上一道独特的风景。

　　码头上一大堆一大堆煤炭，被大风和雨水刮进、淌进海里，潮水裹挟着渗进了海滩里。我们街巷里人上山下海能干活在小镇上是出了大名的。他们真行，海里落潮时，波浪像春风里的杨柳款款摆动，他们紧紧抓住潮汐的时间差，在靠近海水的地方，用沙子垒上一个浅浅的上高下低、五六米长、两米宽的三面围堰，从海滩上挖来含煤炭多的湿沙子，堆在高处，用盆或桶舀来海水，不紧不慢浇上去，这样一遍一遍地冲涮，把沙子从豁口流出去，让细细缕缕的煤炭全留下来。山东一些地方缺少柴禾的，来到我们街巷专买海炭。我们几乎家家门前都有一小堆遮上油纸或油布的海炭。海炭分几种，有含带蛎壳的，烧起来炸小鞭一样噼叭响还冒青烟，这海炭一般不卖，卖也不值钱，大都留下自己烧用。好海炭不带蛎壳，烧起来不冒烟，火头大，也值钱。我的街巷里不少人家靠卖海炭有了一些钱，这也没少让镇上人眼红妒嫉。

　　叹为观止的波浪在挡浪坝上一览无余。一个阴沉的小雨天里，我行走的挡浪坝几乎被海水淹没，两边的波浪都涌到了坝上，坝和海面齐平了，乍一看，天上地下全是海水，一个大海看架势装不下了，盈盈荡荡的，要溢出大海。海水淹到报潮所门口了，一个大浪就能冲进门里和窗里。老头子的脚下是航道，水深流急，涛声铿锵。老头子一点不张慌，进进出出，像平时一样察看水情，朝标记杆上挂起信号竹编球。晚上，刮起了大风，大海不再安静了，喧嚣起来了，波浪变成了波涛，撞向挡浪坝，浪花飞进，发出"咚咚"的空洞响声，响彻小镇，黑夜里的大海波涛成了狰狞的魔兽。在疯狂、失去理智的大海中挡浪坝震颤了，在波涛轰鸣声中报潮所飘摇了，在炸雷般的轰隆声中小镇人被惊惧得一夜无眠。万幸的是大海在退潮，报潮所有惊无险。

小镇有人全身上下穿戴着雨衣雨帽，顶着大风，不顾浪恶坝险，站在坝边上，伸着长长的竹竿勺子，抢捞海面上漂流过来的一只一只玻璃球。这是海带田里的玻璃球被大风浪扯断了绳子在四处漂浮。一个玻璃球值三毛钱，一个晚上捞到二十个那是六块钱哇！

为了玻璃球，小镇有人被波涛抓进了黑暗的大海。但他们捞红了眼睛，把大海看成了摇钱树，还顾什么性命不性命的，钱比人重要。老人鼓舞儿子，女人鼓动男人，前赴后继，大胆往前走，捞取玻璃球。

我也扛上一根竹竿勺子去了被波涛所覆盖的挡浪坝。难忘的一个不眠之夜，汹涌的波涛遮天盖地，挡浪坝在小山般的波涛中时隐时现。波涛不时地从我头上盖过去，我双脚立刻像一根大树深深扎根在坝上，闭上嘴，眯起眼睛，屏住呼吸，站着稳稳地不动，让强壮粗暴有力的波涛推移不动，无可奈何。有几次，波涛的力量太大了，像一只大而有力的手猛地推打我一下，顿时，我脸上、背上和腿上像鞭子抽一样的火辣辣疼痛，双脚趔趔趄趄几乎站不住，就差让波涛裹挟下海。我真是把心吊到了嗓子眼，想想都后怕。每一次波涛扑来都会浇湿身子，整个人像刚从海水里爬上来一样湿淋淋的，一个晚上我要被海水浇上几百次。我捞玻璃球没有几回，没什么大经验，大浪来了，心惊肉跳，有玻璃球飘过来也不敢冲上去抢捞。有一个年纪比我大的男孩子，只要风浪大，海上有玻璃球，天天下海。他是一个要玻璃球不要命的人，只要发现玻璃球过来了，最大的浪也不怕，最险的地方也敢站。这天晚上，我看着他为了从别人手里抢捞到一个玻璃球，一个山一般的波涛扑来的时候，他冲过去，被带进了大海，淹死了。死了人，挡浪坝上所有的人开始惊悚，但随着看到海上飘来的玻璃球，又让他们兴奋激动起来，把惊悚和恶浪忘得一干二净。我也是这样一个人。天亮了，走在回家的路上，我已经被得意忘形的大海折腾得筋疲力尽，疲惫不堪，还想着难为情，忙了整整一个夜晚只捞到一个玻璃球，而人家都是捞到十几个、二十几个，堆在海边骄傲的像座小山头似的。唉，人呀！

我有时想，大海是什么，人为什么崇拜它、歌唱它、礼赞它，甘愿成为它的一滴水？这是人的归属，在那漆黑一团什么也看不到的地方，或许一片光明灿烂的世界里，灵魂在悔过、自慰、满足中去发现道德、善良、邪恶和良心……

大海召唤着死亡，召唤着人去死亡。每年农历八月十五天上月亮最圆、最明亮的时候，正是海里涨大潮时，平日浪潮到不了的地点，这一天海像发情似的能冲到那地方，离海平面不远，潮水能涨上来将码头面上、露天地里的货物立时转移。大潮汛向我们镇上人发出了浓重的死亡气息。看着满满荡荡的海水，朝岸上一点一点迅速地爬着，海水浸满了码头面、渔业公司场院、造船厂工地，真担心大潮水会一直涨上来，涨过高坡，涨到小镇街道上。小镇人最怕这一天有大风，大海会失去平静，狂躁不安地掀起一阵又一阵层出不穷的波涛。这时的海面变了面孔，全是小山般的波涛，高高的波峰，低低的谷底，一只帆船若进去，只能看见桅杆，不能见到船身。陆地岸上像得罪了狂涛似的，它使尽全力，千方百计地要击垮它面前的一切，让它百孔千疮，让它体无完肤。每一次波涛冲撞上来，是怒发冲冠、歇斯底里的吼叫声在云台山间震荡，迸发的浪花形成一道壁垒森严的水墙，飞起几十米高，落下来就是一阵不大不小噼唎叭啦的暴雨。

一个阴风怒号、黑云压海、浊浪排空的上午，我们街巷人的心全被海上一只帆船在狂浪里挣扎揪住心。那还不是大潮汛，只是大风天里，海浪像一只巨象驱赶着一只巨象，不知疲累地翻滚、奔腾着。巨浪与巨浪撕扯在一起，扭打在一起，吭吭哧哧，嘎嘎有声，搅腾得大海像开了锅的水，全是浪花。一只外地两根桅杆的船，跳在浪尖上时，我们的心都松了一把，当它忽地又埋进浪谷里不见影子时，我们的心又紧紧地提了起来，怕它再也不会出现在浪尖上。船上的帆早落下来了，桅杆随着船身的东摇西摆，一会儿严重地倾斜向这边，一会儿岌岌可危地倒向那边，桅杆几乎倒在水面上。我们都焦虑、失望地说，没救了，没救了。

港口里的海军小炮艇迎着风浪，驶出了挡浪坝，要搭救即将沉没的帆船上的人。我们眼睛精神的闪亮起来，看见帆船上的人激动地挥手雀跃的身影。小炮艇是铁壳体的，螺旋桨在舰尾抛出一条长长的浑厚而有力的浪花，可漂在苍苍茫茫的大海上，像一片树叶，忽隐忽现，一个迎头开花浪盖过它时，真担心会被埋在海里。我们的担心对了，小炮艇开出挡浪坝没有多远，就迅速地蜇回了头，匆匆忙忙开进了挡浪坝。

帆船上的人绝望了，无声无息。

一瞬间，帆船在一排大浪咆哮声中悲壮地倒在海里，它像一条死鱼，船底朝上飘浮在浪涛里，随波逐流。我们都惊惧地"哎哟"了一声。人有时会放纵贪婪，用背叛信守对海的许诺，被带入悲哀深渊。

山洪暴发时，大山与大海撞击得电闪雷鸣，山呼海啸，浊浪扑天。大小山涧里的洪水，不约而同灌向一条大山涧，汇集最大的能量，撼动山岳，撼动树林。山洪狂妄到了肆无忌惮、没有天地的程度，从大山涧里狂奔泻下，在悬崖上、峭壁上蹦跳着、飞跃着，张牙舞爪的浪头势不可挡，顽石想羁绊、阻拦它，它只轻轻用力一推，把它连根搬起，像一根橡木一样顺从地漂着、滚着，急速地流向海里。山洪给海里注入了大大小小的石头、草木和大量的泥沙，也把人冲进了海里，溺死。大海撒开的刚烈波澜，像章鱼七长八短的爪子一样固执地企图阻挠山洪下来，融入海里。但它被居高临下而气势强盛的山洪压倒了、击溃了，只得扬起一天水花，郁闷地长长一声叹息。

山洪下来常常漫过我的街巷的大石桥。有一个十五六岁的男孩子，去街上买油盐酱醋，经过大石桥。山洪已经冲到大石桥上，摇撼得大石桥微微颤栗着。男孩子很怕被无情的大水冲倒，裹挟下海，一只手牢牢抓住桥边的树上一枝梢头，小心翼翼一步一探朝前挪着走。他就要过到桥那边时，手里的树梢忽地断了，他身体失去平衡，脚底一滑，跌倒在桥上的洪水里。洪水像饿红了眼的猛兽，一把牢牢抓住他不松手。男孩子挣扎，声嘶力竭、哀怜地哭号着，然而一切都是徒劳无益的，只能听天由命，任凭洪水的耍弄、折磨、摧毁，送给大海。

很多人眼睁睁地看着男孩子流入大海的过程，在洪水里他像一根树枝，像一只等待宰杀的羔羊，眨眼间进了大海。

男孩子漂入大海的过程，是一个人死亡的过程。

到了海里，男孩子的灵魂早已出窍。海的起伏激荡的波涛像千军万马包围着他，抽打着他，让他在阴沉的波涛上像打秋千一样悠悠荡荡，忽高忽低，在浑浊、暗黑的海底看到死亡，在光明的像悬崖峭壁的浪尘上看到生的希望，却又无法抓住飘浮的光明的一缕晨曦。

在众人的目光里，男孩子激起海里一片银色的浪花；在众人悲凉的呼号声里，男孩子从波涛上消失了。

人常常看到是大海的杀戮，却没有想它为什么会杀戮。我长时间想不通这个问题，以至这本书都写不下去。几次，我独立海边，从下午到傍晚，看海潮怎样一点一点吞没礁石。我悟到，只因大海的杀戮，她才被人类留下来。人的杀戮是远远走在大海前头的。

小镇上的小孩子天生喜好朝大海里跑，七八岁就会凫水，在海滩上、礁石丛里，捉鱼摸虾、小钓。海水的泡，太阳的晒，小孩子浑身上下的皮子像泥鳅一样乌溜溜、光滑滑的。大人们最怕小孩子下海洗澡，成为小镇规矩了，每年夏天，海里都会淹死一个小孩子。大人们防贼似的留心着小孩子是不是下海洗澡了。小孩子们在大人面前，信誓旦旦，保证不下海，可大人稍不留心，三五成群偷偷摸摸地溜到海里。小孩子回到家里，拐弯抹角地撒谎，企图让大人相信他没下海。大人只需用手指在小孩子脸上、臂上、腿上轻轻划一下，会出现一道海水浸泡过的盐屑洁白的痕迹。小孩子抵赖不过去，耷拉下头，撅起嘴唇，心里不安地敲响小鼓，满脸晦气地等待大人的发落。大人不依不饶地打一顿小孩子，让他记住疼痛，不敢再下海。然而没过第二天，小孩子又偷偷摸摸下了海。海的诱惑太强大了！小孩子喜好水是天性了，在妈妈肚子里就是泡在水里的嘛。有的小孩子不上课，谎说生病，跑到海里洗澡。老师最厌恶撒谎躲课的学生了，逮着他们，不是在教室里罚站，就是撵到门口站着。老师气急时，会去学生家里告状，小孩子最怕老师来这一手的。

我下海洗澡，没少过挨父亲的揍，是真揍，扫帚柄打过的屁股几天后都会隐隐地疼痛。老师傍晚上门告了状，我躲在外面，晚饭不吃，深更半夜才摸回家。父母睡下后，气慢慢就消得差不多了，第二天最多冲我说上几句狠话，绝对不会再想起来打上我一顿。

我的街巷的小孩子凫水比镇上小孩子厉害多了，最拿手的是扎猛子，憋上一口气，在水下能潜游三四十米远。我起初不会凫水，只能抱着一块长木头，在浅水滩里笨手笨脚地像青蛙一样乱扑腾。在海里初学凫水要付出小小代价，浅滩上的碎石头长着的海蛎被人挑开，剔出肉体，留下的壳子锋利如刃，脚踢上去，立时划开，鲜血如花。我的手脚为学凫水伤痕斑斑。

我的街巷的小孩子不会凫水，是要被大家抬起来扔到深水里喝海水的。我曾遭受过这罪，被扔到深水里，脚尖够不到海底了，心里顿时毛乱起来，四肢乱了方寸，嘴巴不停地大口喝起水来，两手在水面上见到什么抓什么，狼狈不堪。岸上的他们冲着我，手指指点点，哈哈大笑。我在海水里挣扎着，竟一点一点漂到浅滩上。镇上淹死的几个小孩子中有我认识的，这里还有我的街巷小孩子，大的十二三岁，小的八九岁。镇上有句话，淹死的都是会凫水的。是呀，不会凫水的也不敢下海。这些小孩子都是水性不错的，有的逞强凫到很远的流水湍急的航道上，两腿抽筋不能动弹，又无人及时发现和搭救淹死的；有的让大浪砸晕了头，呛了海水淹死的。大都是扎猛子脑袋卡进礁石缝里挤死的，还有脑袋撞在石头上出血淹死的，脑袋扎进淤泥里出不来憋死的。

　　我看过几个淹死的小孩子从海里捞上来，放在海滩上早已铺平的一张席子上。父母伤悲地伏在小孩子身上，呼天扑地，哭得死去活来。围观的人也暗自流泪，有的还哭哭啼啼。我恨过海，也诅咒过海。

　　我家旁边有一个叫大牛柱的男孩子，比我大四岁，在我眼里已是一个很猛壮的汉子。他不会凫水，这成了我们街巷很奇怪很好玩的事情了。他也和我们一块儿下海洗澡，我们在深水滩里又是蛙泳又是仰泳的，他看了眼馋，脱了衣服，着一件短裤，坐在海边一块刚好浸泡在海水里的斜坡上，两手往身上撩泼着水，享受着炎炎夏日的海水沁凉和润滑。他太想把自己的全身浸泡在海水里，屁股朝斜坡下只挪了一点，谁知，身体重心没把握好，人一下子滑了下去，海水不容商量就淹没了头。不会凫水的人在海里，像秤砣，有人拉着腿脚似的，一个劲呼呼地朝下沉坠，又像一只鸭子放在开水里煮一样，四肢瞎抓瞎蹬，身子蹿上跳下，扭曲成麻花，嘴里大口喝着海水。他幸亏在岸边，人发现的早救了他。他被放在海滩上，嘴巴朝外痛楚地倒着海水，脸色苍白，眼神呆滞，在海里惊恐尖叫的灵魂似乎还没有从海里收回来。从此，他再没有下过海，也没提过海的字眼，有人无意中说了些海的事情，他脸色死亡一样难看。他人变了，变得太大了，性情自闭，言语不多，不热情，不激情，不豁达，似乎超越了他的实际年龄早早看透了人生。

　　一次接近死亡的过程，他就逃离了大海，把自己人生的船搁浅在海滩上了，丢失了最不该丢失的生命。

人脆弱呀！下雪了，嫌天冷，流汗了，嫌天热，寂静了，嫌孤独。人独步地球无与伦比的，只有那一点慧根了，别的，离大自然是越来越远了。

天上的雷电常常选择在寂寞阴郁的世界里滚过大海，向大海抖出会心的一长串的大笑声，又像是要掘开悲剧一样低沉肃穆的沉重天幕。闪电仿佛是炫目的太阳被浓郁的乌云扣盖了，严严实实，密不透风。它闷得喘不过气来，憋的死不得活不得，使尽浑身气力挣脱着，终于，在天际上冲撞震荡出一道道呼吸的缝隙。天穹龟裂了，炸开无数简约、弯曲、明快、单纯的金光闪耀的沟壑。强光全部汇聚在沟壑里，像一把锋利明亮的手术刀，向着无边无际的空间刺穿，并播洒开来。闪电两边像陡峭的黑色悬崖，堆积的乌云像是老鹰在悬崖上窥视着，又像渴求扑向那炫目光明的世界。闪电下，没有浪漫，没有诗歌，没有鲜花，只有死亡。

在海上遭雷电击打而死比任何一种死亡都恐怖。我的街巷有一个在船上干活的大人在海上遭雷电打死的。大人说，被雷电打死的人，都是做了不好事情的。我想这是真的，因为我们这儿对干了缺德事的人都骂说遭雷劈。我是随大人去他家的。未到门前，就听见一片乱哄哄的哭喊声，闹得我心里阴森森、凉嗖嗖的。雷电打死的的人是不能见天的，也不能见人。据说，死的人雷电会在他身上留下字，说是惩罚。我只是站在屋门口隔着人群缝隙朝里望了望，其实没有望到什么。死者躺在屋外间的一张席子上，脸上和身上盖着一大整张草纸。大人小声地神秘兮兮地说，他怎被雷打着了，脸上全烤糊了。我不敢呆在他家门口了，也没有去想死人身上有没有雷电留下的字，生怕天上的雷电会看见自己，想起我骂过人，尤其骂过大人，还做过对不起大人的事，会生我的气，用雷追打着我。尽管躲开了那满屋满院的死亡呼叫声，我头脑里还是驱赶不走去想那死者在雷电击中的刹那间的情景，想雷电突然间照亮暗黑的大海，那死者发现自己在大海上孤零无助的惨叫，想那死者可怜巴巴地垂死挣扎，想那身体轰然倒下时的脸上冰凉的表情，想那身上雷击的字……

我也看到了与死者在一只船上的人对雷电的异常平静的表情。他们是从雷电中走出来的，也可以说，他们死过了一次，尝过了死的不好受的提心吊胆的滋味。死亡只是与他们擦肩而过而已。在海上漂流的人太熟悉雷电了，对于他们来说，雷电是什么？划亮天空，照亮大海，给予了他们勇气。

一个人，一个血肉身躯，在强大的大自然面前，虽然弱小，比一朵白色的浪花还微小和虚弱，但是，在生命中，敢于与强大不可一世的大自然坦诚相见、碰撞、比拼，结果是人人能想得到的，以卵击石，不堪一击，甚而可笑得自不量力。然这个生命显示了人勇气的强大以及战胜自我的决心和精神。

能想到，那死者迎着雷电，向着大海，张开双臂，打开自己的心扉，才领悟到人生的意义。

凡是生命大海尽予收容。

凡是感情上承受不住苦罪的，凡是事业上遭了颠覆的，凡是感到在这地球上孤独苦闷的，凡是觉得自己是人群中多余的人的，只要想到死的，就会想到大海，朝大海奔来。

这些不顾路途遥远、迢迢千里朝连云港大海奔来的人，都是内陆的，从陕西出发，从安徽出发，从河南出发，还有武汉的、上海的、乌鲁木齐的，有男有女，大都二十几岁，也有三十几岁。他们匆匆奔向大海，一点不留恋人生，一点不疼爱家人的呼喊，只认准大海能敞开门让他进去，能收容他，能洗去苦难。大海像母亲把手臂伸给孤儿，牵着他到了怀里。大海让他们死去身体，却使灵魂活了下来。

每年都有三两个外地男女死在我们小镇下的海里。我这个不知天高地厚的家伙，哪儿有热闹就朝哪儿跑，听说海上发现死人了，撒腿就朝海滩上跑，等着淹死的人打捞上来。

　　想在连云港海里死的人也并非那么容易成功，小镇人眼睛尖着哩，一眼会看出外地来海边失意寻死的人，报告派出所，派出所又会和他家里联系，让带回去。更难缠的是遇上边防检查站的军人，会带着寻死的人回到站里，给你好吃好喝，用热心的话劝你，一个劲让你回心转意。你寻死的思想弯子一次做不通，他们能做上十次，他们人多呢，轮流做，不怕你不通。你肯吃饭了，肯说话了，他们知道你不会再想死，给你买上火车票，送上路上零花钱，使你感动得不好意思再寻死。如果还寻死那真的失去人味了。

　　外地来海边投奔死亡的人有几种途径。他们尽管采取各种奇怪的死，但都是在海边坐了很长很长的时间，绕着海边不知疲惫地走了又走，才痛下横心，投入大海的。要一下子让出天上熟悉的太阳，让出关系密切的田野里的庄稼、河流、夕阳、牛羊、猪狗，要像削瓜切菜般地利索快乐地让出熟悉的或有血脉亲情的那些生命，彻底蜕变到人类的始祖发源地大海里做一个细微的浮生物，复杂的感情远非我们所能想象的。人呀，是没出息的患得患失的灵长类动物。他们投奔大海，冰凉的海水蕴含的话语不是一目了然。他们踟蹰，仍是要大海给一个明晰的提示，给一把快乐挥手告别过去、奔向未来的钥匙。他们有的趁大海落潮时，鬼鬼祟祟跑到码头底下，在码头桩上吊死。这样的死知道的人很少，地方很背，常常要十天半月才能被人意外发现。我在海滩上看见过一男一女的尸首前后被小船拖近海滩。尸首拖挂在船边，在海水里忽隐忽现，像一条死鱼。女的尸首最先发现的，男的尸首过了半个时辰才发现。小镇人很有经验说，女人身子轻浮上来快，男人身子沉浮上来得慢。海滩上的人用绳索套住他们的双脚腕把两具尸首拖上海滩，他们僵硬的身体在松软的海滩上拖划出一道深深的渗着海水的印痕。他们并肩笔挺地躺着,眼里鼻里耳里嘴里都灌满沙子。有人认出他们是情侣,说在码头上见过他俩紧紧依偎在一起,女的还用手帕把俩人的手腕扎扣在一起。有人肯定说,他们是从码头前浅滩上一步一步走下水的。有的人寻死,那该是真要死的,不愿意人发现找到尸首,乘船到连岛上,一直向东走,向人烟稀少的地方走,向海水最蓝、最深的地方走。在这偏僻幽静的地方死了,没人知道,也不会知道,死了的人随波逐流,淌向大海深处。影响最大的一次男女殉情是在高山上,但那是对大海一次虔诚的悲情。他们选择飞来石下,在一块青草翠绿的平地上,摆上各式各样好吃的东西。他们相拥在一起,把一生的性爱一次做尽了,发誓生死相伴。吃好了喝好了,该说的也说了,他们头挨头背靠着一棵大松树,女的把自己蝴蝶般的花裙子撕扯成一条条布,慢慢缠绕在俩人身上,使俩人合穿一条裙子,成为一个人。男人魂魄已归附于女人。女人怕男人最后时刻犹豫,先给他灌了敌敌畏,后来自己喝净了瓶子里的敌敌畏。七天后,上山拾草的人发现了飞来石下一双男女尸体,他们面朝千年不息的大海……

他们都是为了追求而上大海的人,希冀体验海的悠久浩瀚,让自己的心丰富多彩,变成一个大的心灵宇宙。

少年初恋

太阳从海里拱出来,身上湿淋淋的,冒着水气,滴着水珠,被照亮的小镇青石板路像一条泛着波光的小河。我的街巷从早到晚几乎看不到太阳,也晒不到阳光,山遮拦住了我的街巷阳光,只有在中午时间能稍见到一会,街巷和人家大抵上每天都笼罩在阴郁中。但这并没有妨碍到我和小伙伴们对性的早期朦朦胧胧的感觉、认识和兴趣。大人们对我们小孩子这些异样的举动没有动怒叱喝,觉得是正常的,是小镇上的男孩子必然要经历的。他们说,常吃海鲜的男人性欲高,小孩子的性会成熟得早。

我想我的性成熟缘于吃海蛎,母亲只要有时间就会趁大海落潮时到礁石上敲海蛎。母亲变着法子要让我吃好,用海蛎包饺子、做面条汤、烧煮豆腐、烙鸡蛋饼,花样繁多,说不过来。没料想,这竟催发我想女人了,梦游女人了。一个女人闯进我心里了,是人生的第一个女人,漂亮女人。她大我几岁,但一点没有妨碍我对她的暗恋。街巷里到处是女人,都熟悉,有的比我小,我看不中,只沉迷一个她。我心随着她走了,随着她想了,随着她哀乐了。看着她,我像一个走失的小孩子,多么希望她的手能搀扶我一把,能把我带回家。我喜欢她的笑,喜欢她的说话声音,喜欢她走路的姿势,感觉没有女人走路的姿势有她好看的。我明知对她的爱是单相思，是不可能的，而且是无法言语的，甚至会惹来人的嘲笑，可我还是用目光爱她。我用目光抚摸她浑圆的肩胛、后背、黑发、葡萄一样又大又圆又光亮的眼睛，还有团圆的脸上一双甜蜜的酒窝。我也想过，用什么方式显示一下自己的能耐，让她留下印象，不希冀她对我的感动，也不可能感动，只要能有一点好感就足以了。我经常在她面前昂首挺胸，说话尽量温文尔雅，带着些文采，表现出良好的修养和风度；路上看到梧桐树，明明抓不到的枝条，我蹦跳着要抓到，想显示出腿脚上超凡的弹跳力。她根本没有介意我在她面前的种种表现，她经常的笑，开始我以为是为我笑，后来意识到是为其他的事乐得笑起来。我烦恼，在她面前，我什么能耐也没有显示出来，在她眼里我只是一个长不大的孩子。

　　一天，我蓦然看见她与一个男青年走在一起，肩并肩的，交谈着。我很想知道那男青年是谁，她和他是什么样的关系。我真的怕她和他是男女之间那种关系。越是害怕的事越是发生了。街巷里的人都知道那男青年是她的对象。我心里酸楚得不是个滋味，把那男青年的底细打探得一清二楚。我妒嫉他，仇视他，心底期望某一天早晨他突然摔伤了，摔得鼻青脸肿，脸上头上缠裹着纱布。我不知道自己怎么就站在离她家不远的院门口，过去觉得她家门口天上的月亮靠着我很近，月光像一层银水一样的动人，很熟悉，很亲切，现在月亮一下子离自己那么遥远，月光像一层寒霜一样冷清苦楚。高高在上的月亮俯视着我，在笑话我的傻气，我看到了月亮上的嫦娥像黛玉一样落魄悲情地撒着花瓣……

　　她一点也不知道我的爱、我的苦涩。我在心底说过她，你的心真狠啊！

　　我想脱下对她的爱恋时，她突然给了我温暖的光亮，让我沐浴在她的目光里。没有想到，她到我家来了，借我一本书。我激动不已，目光错乱。我们之间贴得很近，仅有一拳之隔，她胸前鼓起的部分就在我眼前微微地起伏，她嘴里呼出的缕缕温馨的气息在我脸上和嘴边飘浮，我不敢正眼看她，只是悄悄地呼吸她口里飘来的荡漾着香甜乳液味道的气息，我很快意地呼吸她的气息，在呼吸中努力地挣扎着，克制着激动乱跳的心。她的笑是美丽的火焰，那么耀眼，那么光华，看着会让你呼吸紧张困难，会点燃你身体里的全部血液，让你产生冲动的欲望，想入非非，直至干出难以启齿的事情。我只能用心去想，去感受她的温度、美丽。我很想说一通体现自己水平的话，却莫名中乱了方寸，不知说了些什么。她只借一本书，我殷勤地搬来一摞书，还向她不厌其烦地推荐。她说她很佩服我读了这么多的书。过去眼看要熄灭的爱情火焰又燃烧起来，心脏加速跳起来。我不失时机地渲染读书的好处，实际是意在贬低她那个男青年不读书，没文化，没水平。她是不知道我的用意的，听得津津有味。我暗自得意。

　　我以为只有我爱恋她，错了，我的小伙伴们都爱着她。这让我很伤情，我没有对他们说出对她的爱恋，他们也没有对我说，相互隔着一个谜。但他们跟着她下海洗澡，喜欢凑近她身边，看她裸露着洁白的臂膀游泳，看她湿淋淋的单衣服紧紧贴在身上，把女人高高低低地方都显示了出来，我看出来他们对她的迷恋。他们都愿意为她出上一把力，给她找浮在手里的木头，给她摸索水下哪个地方礁石多。她也会潜泳，这边刚一头扎下水，他们那边跟着把头沉到水里去。说真的，我喜欢跟着她潜泳，在水里睁开眼睛，看她游的姿势，像条美人鱼。她游到浅滩上，直起身子，弯下腰，两手拧绞长发上的水，胸前的衣领一下敞开，露出一片白光。我看见了白光，感到头晕目眩。我赶紧掉过头，不敢再看。我很悲哀，小伙伴们都看到了那一片白光。我感到羞辱。很长时间，我怕撞见她，躲避着。我真的不好意思再见她。我也不愿意再见到小伙伴们。

夜走云台山

在漆黑的大山脚下，我心陡然一冷，发怵地立住。我虚口气，定睛地打量一遍大山。大山像蝙蝠展开巨大的黑茸茸的翅膀，模模糊糊，无声无息，透着阴暗冷峻的气息，透着野鸡野狐的膻腥味儿。我站在它脚下，畏缩小得像只獾子、兔子、山猫、山鼠。黑夜里的山神秘得捉摸不透，静悄得扣人心弦。峭岩、树林和沟壑里蒙着莫测的精灵。这大山有六十六座山头，东西有多长不说，从南山翻越到北山四十几里路，过十几座山头，大的五百多米高，小的三四百米高，涉七条大涧。舅舅家在山那边的村里，准确地说，我在舅舅家已玩了几天，一时性起，想着要回家。我对回家的路很熟悉，在家里常上山拾柴禾，漫大山里的跑。我知道大山里的可怕，除了没有狼虎豹狮，别的动物都有。这么深的黑夜里一个人过山，回大山那边的镇上家里，简直是吃了豹子胆。还没听说过有人敢黑夜里独自走这山，就是山里人也不敢，何况我这么一个小孩。我望望什么也看不见的大山，感觉如深井般黑幽幽，不由地头皮麻酥酥的。

我人虽小，身上却有股大男人的英雄气。

下午，在果园里正帮舅舅干活，我和一个小孩抬着一只大尿桶，给果树施肥。我们爬上一座大土坡，累得大口大口喘气，尽管这样，我俩一鼓作气抬了七趟。舅舅朝我笑了笑,心里说,熊小子,今天吃什么好东西哪,哪来的劲头,人家才抬三趟呢!只有我自己知道,今晚家边的部队上要放电影,我的心早已被勾去。太阳还很高的时候,舅舅见我们小孩子干活太累了,就手一抢说,今天干到这吧,剩下几棵树明天接着干。我心里高兴极了,乐得眉梢翘了起来。我站在土坡上,嘴里衔着一叶小草,望望西边的太阳。太阳发红,但还高。我想,太阳完全落山还有一段时间。我想看电影,心里激情汹涌,巴不得立即插翅飞到家里。盯看着太阳,凭着经常翻山越岭的双腿,我喃喃说:回家,看电影!我心想,跟太阳赛跑,完全可以在太阳未落山之前赶到家里。

我在村庄与大山之间的空旷土地上跟太阳赛跑。

太阳慢慢地下落,越来越红。我撒野地跑,像野草滩上的一只野兔,跑得飞快。路上下工或干活的人,诧异地望我,与我招呼,我不停步,边跑边招手。熟悉的人问,天黑了,上哪?我不好意思说翻山回家,怕人笑说是傻子,什么时候了还能过山回家。我只是应道,家里有事。

没想到,秋天的太阳落山这般快。我野兔般灵活的双腿,奔马般的速度,终究也没有赛过太阳。

空旷的暮色里,亮起一盏盏不算亮堂的灯火。那是庄户人家,很安静,没有人声,没有鸡啼,没有犬吠。

我望望黑漆漆的大山,又回望望村庄,有些心怯,想回舅舅家。但我又怕舅舅无穷无尽不厌其烦地问话。电影的魅力四射,使我无法抵挡,心底窜上来一股邪火,坚决回家……

在黑夜里过大山,不要说是孩子,就是大人也会紧张。我紧张,绷紧浑身骨骼,绷紧浑身皮子,绷紧精力高度集中的大脑,顶着一股英雄豪气,杀进大山。

杂树林里昏黑,但依稀能辨认出曲曲弯弯的羊肠小道,高高低低,坑坑洼洼,覆满大大小小的干枯树叶,踩上去软软的,像地毯。我穿行得像只羚羊,步履轻捷而迅速,脚尖轻轻点地弹出好远,有点像传说中的武侠,飞檐走壁听不到响声。两眸子可怕地爆突出来,滚烫得像钢珠,心跳的频率极快,拧发条似一阵紧似一阵,震得脑门咚咚响。我怕蛇,油光滑亮看不见爪的蛇,三寸长的蜥蜴会让我浑身泛起鸡皮疙瘩。我不愿去想那些厌腻人的东西,心里却钻着去想。我豁劲地跑,跑着走,蹦着走,怕那玩艺咬上一口,于是给它大小不匀无规则的脚步。我想自己跑得肯定很快,一棵一棵树在眼前模模糊糊,连成一片墙似地刷刷闪过,落在身后。速度的过快,迎面的凉风刮得两眼闪闪忽忽。感觉只有一阵儿工夫,是歇口气或撒一泡尿的工夫,轻而易举地登上了一座山头。我有几分豪迈,难怪是经常爬山的人,如果换个城市人看看,不用说翻越夜的大山,就是大白天爬一座山,一座小山坡,会像百货店里的皮娃子又娇又嫩。我在家时看过,有船上来的上海人从山上下来时,闹出的笑话笑断肠子,他们拄一根木棒,鞋子底上缠满葛藤,像在雪地上走路一样小心翼翼,这还不行,有的瘫坐在土坡上大一声小一声地乱喊,脱下鞋子,垫在屁股下慢慢地朝下滑。我呢,腿裆夹一根木棒,当作大马,没轻没重地冲下山,把白津津的上海人吓得乱尖叫。此时,我一点也不觉得累,常爬山人的肺腑量就是大,在白天我只需要十几口大气就能冲上山头。

在黑沉沉的树林里时间一长,眼睛适应了,看岩石不是黑色,是靛色,抹油一样闪亮,每一棵树显出清楚的线条,遍地的草透出灰色的光。我睫毛下的眸子抖抖的,担心哪个角落里突然蹦出一个什么。我心慌、腿软,头上蒸腾着浓腥的热汗,像罩着一顶闷闷的棉帽子。一只裤管被什么扯住,身子歪歪斜斜地差点摔倒。我急恼地甩腿,折腾三个来回,仍没有弄下裤管,仍拽得牢牢的……我心里打个寒噤,一个黑茸茸的魔影蹦蹦跳跳跃在眼前,想看清究竟是怎么回事，这时脑袋旋旋地转起圈来。我心一横，憋着一口气，不问青红皂白，三十六计走为上计，豁劲一拽，"嚓……"裤角一松动，下来了。

跑过去的地方，杂七杂八的小枝条像小钢鞭一样猛烈地抽打着我撅起的高耸的屁股，发出清亮的啪啪声响。我顾不得疼痛、哀叫、抚摸，只是一个劲地跑，翻过这座罪恶的山头！树枝抽在屁股上，像什么东西追赶我，亮出热烘烘的舌头舔我的屁股，有时屁股热烘烘的，还真以为什么东西亮着舌头舔我的屁股，若是狼的话，屁股非被带刺的舌头舔光不可！我不敢丢头看。走夜路不能丢头看。人肩头两盏灯，妖怪怕火不敢近人边。人回一次头灯就熄一盏，熄光了，妖怪就不怕人，双爪搭在人双肩上，逗人讲话，人刚回头，一口咬住喉咙。我闷着脑壳跑。抬眼看路时，锯齿般起起伏伏的大山在款款涌动，如浓浓的妖云，沉沉的黑暗里，仿佛有两只绿幽幽的眼睛窥视着我这百十斤水肉。我颤栗地站住，端直地望着大山。山停止了飘移。噢，刚刚让我惊悚的原来是山，不是妖云，刚刚只是幻觉，是虚无的，是紧张时从哪块骨头缝里冒出来的邪念。在呼呼吹来的风里，我额头被抹一层清凉油一样的清醒，终于定下了神色，恢复了心的常态。山巍巍的，铁一般腥，铁一般冷。小小年纪的我虽然没有想到，可大山确已实实在在地告诉了我，你尊重山，山尊重你，你蔑视山，山会搅得你魂不守舍。

记忆里这段是大斜坡，也是"一线天"。二百多公尺的大石坡，冷不丁被天上劈下的一剑，在半坡上破出一条窄窄的栈道。来往必经栈道。可现在栈道没有出现，怎么了，还没有到吗？我摁摁太阳穴，搓搓、揉揉眼睛，认真审视一下身边的山。乌黑的山，马尾松一棵连接着一棵像朵朵云絮盖着山。我想，这地方应该正是栈道呀，怎么就不见了！我先有些迷瞪，后又大醒，是迷路啦！我大悟，又有些心惊肉跳的。多少次走这条路，竟然也被迷住。听说过不少骇人的迷路故事，人就像喝迷魂汤一样，走不出迷路。我想，也许走不出这迷路了。我心冷，身冷。是呀，谁知什么怪物随时随地光临此地呢。内脏里的每一项器官高度紧张地工作起来，群策群力对付诡谲的大山。关键时刻，神经中枢经住了考验，保持了镇定、清醒，清理出一条清晰明亮的线。按山里人的话去做，一步一步后退，退出二百多公尺，回到刚刚走过的山头上，重新打量前边的路。认准了一条白光光的路，它隐现在丛丛的杂树林里，乍看上去像是没有路似的。走上路，就冲破了假象，假象是夜的大山设计的，是要迷惑我、累垮我。我不是那些大笨蛋！恰如骤雨后的一池秋水，我心情异常的平静，这表现有点不像一个十几岁孩子所为，倒像一个成人所做的事情。我决然地解开裤子，掏出那个小玩艺儿，以自己为点，绕着圈子，对准草地，激烈地密集地打机枪般哗哗地撒了一泡尿，好长的一泡尿，绕身子四圈半。小腹轻松不少，肚上腿上拉拉淌的汗水滞止了，空空的腹里平添了几分豪气，摆出英雄打虎的架式，脱下裤子，挽起贴身的运动裤，上身着一件白色的汗衫。我又把杂七杂八的衣物反扣在背上，也不知哪来的力气两手活生生扳倒一棵碗口粗的树，手似乎比刀还快，砍下树上的枝枝杈杈，一根碗口粗的木棒，沉沉的，实实的，攥在手里像高举一枚原子弹，让我天不怕地不怕。这阵哪怕与世界举重冠军、柔道冠军、拳击冠军来较量，也不是我对手，我会将他们通通擂倒在地。这一阵力气大如泰山。我征服了栈道。一根木棒壮了胆魄，一泡神圣的银子般灿烂的尿，平衡了倾斜的心理。

小路下深深的涧里漾漾地浮着凉气。我想到了蒙面大盗，拦路抢窃钱财的强盗，心里不安地敲起小鼓，碰上狐狸什么能拼个鱼死网破，万一碰上孤注一掷只要钱财不要命的强盗怎么办？我朝周围望了望，担心他们会突然从树林里、草丛里、峭石间跳出来，不问你是谁，有没有钱财，劈头给上一棒，死了扔进山涧里谁能知道。

一层阴云爬上刚刚明亮的心头。我年纪虽小，可很有些小智慧，狡猾地跳开小路，钻进旁边的树林里，傍贴着小路跑，脚尖简直是踏着草梢飞，没有半点声息。跑啊，跑啊，我没有撞见半个人影，失声而自嘲地笑了，夜半三更又有谁敢走山路，没人走的山路强盗能在山里出没？

涧里哗哗地响，悬崖上冲下的水流湍急轰响。月亮升出来了，阴历十五过去不久，圆圆的月亮被割去大半，一瓣弯弯的月牙，却明亮。静的山，动的水，暗的石，白的瀑布，明一块暗一块，勾勒出一幅清悠淡雅的山水画。松林厚厚迭迭，像一床大棉被，月色漏不进去一滴，黑如泼墨。小路闪亮地游动起来，细溜溜的如一条小白龙，蜿蜒在悬崖边上。山涧里的水流射出明亮的辐线，把涧里映照得亮亮堂堂，看清大大小小的石头。峭石初看是默默的，老老实实，定睛认真一看摇头晃尾，露出凶凶的杀机，要随时扑下来。山涧那边岚气袅袅，回着杂七杂八的声响，透出无数生命。它们忽大啼忽低鸣，忽哭忽笑，忽欢忽悲，忽长一声怪叫，忽短一句细语，忽啼声如马疾，忽爪声如鼠窜，忽流动如游蛇，忽叹息如人愁。它们不知要干什么，弄得那边一阵沙沙如雨下，一阵咚咚如鼓擂。我知道或许是狐狸、野羊、獾子、野猫，或许是猫头鹰、蛇、穿山甲、野猪、野狗、野狼……人一样的一只狐狸，直起身体，站在峭崖边，搬起一块石头，掷下山，石头咚咚响地滚下山。狐狸蹲在峭崖上痛哭，小孩一样的哭，婴儿一样的哭，女人一样的哭，凄凄惨惨，悲悲切切……黑的大山一时半刻不容我从苦痛、迷惘、紧张、恐怖中解脱出来。生活是这样，自然是这样，人的本体是这样，黑的大山是这样。

要过大龙岗。

迤逦如龙的大龙岗，东西长十七华里。翻过大龙岗，穿过一个大洼子，跳过几条涧，跑过一座黑森林，高山下就是家，是港口小镇。大龙岗一带留过我几百几千的脚印，小小的我，为钱常到这儿拾柴禾。快到家了，我该有一种轻松感，有从黑暗走进光明的喜悦，可我心底阴暗霉湿。太熟悉大龙岗了，许多人讲过它的诡谲，我心上很早就遮上它的模糊云纱，一块峭岩，一根古老怪状的树，一座凹凸的山头，都有残破的掌故。我在上面拾过破瓦罐、锈迹斑驳的剑。千年百年前，上面走过几十万几百万的兵，峭岩上立过他们巍巍的身躯，树桩上拴过他们的高头大马，风里散发着他们浓烈的酒味。这里是宏大的血色古战场，挺过几千几万的英雄尸体。

看到大龙岗，我耳膜风吹一般起起伏伏地响，响起远古的旌旗猎猎招展的响声，响起呐喊如潮的人声。大龙岗天上那个月亮特亮堂。我骂，天与我作对，这么亮的月光，在大龙岗上走过太醒目。我走上去，像小偷，低着背，贴着地皮几乎爬一般。我怕，真怕在平坦的大龙岗上被什么猎住。此时此景，什么看电影，还有家人朋友们，通通都见鬼去吧，心里谁也没有，只有自己，只有自己这条小命，现在自己小命难保，还能保谁。保住自己命吧，跑过大龙岗，才能有以后的看电影，和家人朋友们一起。大龙岗从这边到那边百十公尺，我翻越它像经历了半年一年，煎熬了一个漫长的冬夜。大龙岗上铺满金黄的沙子，闪闪烁烁，烘出一圈一圈夺目的黄晕。我两眼昏眩，见大龙岗在飘动，是一条活灵活现的白龙。大惑难解呀，深深的大山里哪来纯净的沙子？大龙岗奥妙太多，想来色变的东西太多，然而即使想也不会想出个什么子丑寅卯，猜不出云里雾里的奥妙。我不愿想很远很远年代里那次刀枪剑锋的鏖战，可由不得我不去想，不去听草丛里的风声，沙滩上爬行物的声音，寻找累累的骷髅，我越是害怕越是想可能会发现幽幽的鳞火。大龙岗腾起蘑菇状的紫气。高高的黛色里走出一支浩浩荡荡的队伍，尘土蔽日，人喧马嘶，旌旗猎猎，剑矛林立。是很远很远年代那支军队，前边一字排开的是羽扇纶巾的诸葛亮、雄韬大略的曹操、气贯长虹硕壮如牛的张飞……

　　冲过黑压压的大队人马，冲破骤来的黑云！十步、九步，就要冲过大龙岗，我心一抖，裤裆里那玩艺儿忽然热烘烘、粘粘糊糊起来。不知是什么时候，我那玩艺儿惊惧得射出了一串子弹。我没有感到难受，手拣起石块，紧紧攥着，嘴里一字一句，铿锵有力，一遍又一遍地背诵伟大的教导：下定决心，不怕牺牲，排除万难，去争取胜利！万壑有声，万物皆听。果真奏效，我胸有朝阳，驱了邪气，心平神爽，眼睛明亮，精神振奋，扛着木棒，昂首挺胸，大踏步跨过大龙岗。

　　我什么也不惧了，从黑暗的大山苦难中走出来，还有什么可怕的，那些魑魅魍魉纯粹是自己胡思乱想跑出来的！我觉得刚刚的经历是一瞬间的事情，是一场噩梦，是一阵幻觉。我恢复了英雄打虎的豪气，在暗黑的山里如履平地。经过一方水塘，神奇的水塘，黑天里会有一条红闪闪的鲤鱼在水面上舞蹈，人若看，会迷住心窍，被拽下水溺死。我站在水塘边，水面平平静静，不见一朵飞溅的浪花，红鲤鱼哪去了？它怕我啦！哈哈，你不是会迷人心窍吗？来呀，我等你，跟你下水，到龙宫去。我抬脚把一块半大不小的石块踢滚下水，响声惊搅了山里的静谧。我胜利了，如获马拉松长跑冠军，身子虽疲乏但肌肉里有种轻松感、快乐感。

　　快乐地冲上最后一座山头，迎面的风像一道屏障拦住我疾飞的脚步，慢了下来。这时，我真正感觉到身上的衣服被淋漓的汗水泡透，透出了凉气。

　　山下是小镇，是不大的港口。小镇被港口昏朦朦的灯火照得半明半暗。即便这样，我站在山上，眼睛也被港口的灯火刺花了，什么看不见，只觉得眼下是一片白茫茫、涌动的海潮。我不敢直视光明，光明如无数根钢针突破帘子般的睫毛，直刺眸子。我眼睛又面对黑暗，适应了一阵子，眸子被滋润灵活起来了，又看见了物象。

我有经验了，深深地夯下头，盲人一般小心地，浅一步深一步地下山。我两腿像风中残破的裤子一样乱飘抖，只有心慌慌地坐在冰凉的石板上。我虚弱无奈地叹口气，感到能征服黑暗的大山，但没有办法征服光明，在光明面前我束手无策，想走进去怎么也走不进去。心底一股难受的滋味急急地要从我喉咙里涌出，痉挛的两手赶紧卡住喉咙。在海上呼呼刮来的风里，我想：这样下去太危险，非栽跟头不可，还不如重新走进漆黑的大山……我这样想时，没有为自己刚刚的一番折磨和苦衷而叫冤喊屈……

黑夜里的大山冷峻、静穆。

海边卖草

我的街巷上的人古朴。八十年代了，眼看娶媳妇的二十几岁的小伙子，剃的头土得还像那个"马桶盖"式的；女孩子穿的是红红绿绿、大花小朵的，扎着大辫子神里神气的，她们在电影里看到女孩子圈圈勾勾的头发，还嘻嘻哈哈，戳戳点点的。我们街巷上的人常有自卑感。在镇上逛街串店，总是觉得比街上人要矮半截身子似的，常常趄着路边小心翼翼地走，不敢正眼看人。

我的街巷也有引为自豪和骄傲的地方，并且是街上人比不了的。我的街巷上的女孩子，啧啧，漂亮得出格呢！别看街上女孩子尽穿啥稀奇古怪的，脸蛋上天天抹几块钱一瓶的珍珠霜，头发烫得勾勾圈圈的，朝我的街巷上女孩子前一站，哼，差远了！我的街巷上女孩子整天在热烘烘的太阳下，上山拾草，海边拾海，圆圆的脸蛋就是晒不黑，白白嫩嫩的，光滑得跟山涧里的鹅卵石一般；还有那细溜溜，长条条的柳叶眉，和黑白分明简直会说话的水汪汪大眼睛，谁看心里都像七月伏天里拂过的一阵凉风，舒服极了。

外乡人议论道：街巷上的女孩子能出落得像月季花一样漂亮，是吃了山上的水，那水美人哩！

山上和坟井里的水养育了我的街巷上的人。

我的街巷下的渔业公司小码头，四通八达，停泊着附近四乡八县来的小木船。这些船大都装置上了柴油机，也还有一些小木船，家里经济不宽裕，没有装置上柴油机，他们的船大都是一杆桅或两杆桅的。这些船是来买石头和烧火草的。石头和烧火草是小镇的名产。那石头是青青的，平平滑滑，纹路好，十分坚硬；那烧火草是马尾松树落下的针叶，又粗又长，黄黄的，多油，一点上火呼呼窜火苗。

我的街巷上有的男子汉天天上山抡铁锤，叮叮当当开采石头，"哼唷……哼唷……"地朝码头上抬石头。他们吃着山上的水，腰粗胳膊圆的，一年四季不知头疼脑热是个什么滋味。女孩子背着竹子编织的耙子，整天上山搂松毛叶子，捆成三四个大个子，背到海边卖。别看她们长得细挑挑、嫩皮嫩肉的，好像一股风能吹倒栽个筋斗似的，其实浑身是劲，背上百十斤的草，下山两腿一点不颤抖。

女孩子们喜欢小木船上的小伙子，他们脸皮虽然被太阳晒得乌黑，被风吹得发皱，可在她们眼里，是一个个棒棒的男子汉！上了他们的船，女孩子总是偷偷地多瞟上他们两眼。她们羡慕他们飘游的生活，坐在船上，去上海、南京，还有好多地方，那里有好玩的公园、高楼大厦、大汽车、小汽车，姑娘穿着各式各样好看的衣服，还能看到黄头发、凹眼睛的外国人呢！她们抱怨小镇，抱怨大大和妈妈，哪叫小镇这么小，哪叫大大和妈妈把自己生在这偏远的小镇上。这辈算了，在这鸡蛋壳般大的小镇上转悠吧……

小木船上的人都说我的街巷上的女孩子喜爱笑，笑起来简直没个完了。然而，也有个不爱笑的女孩子，碰上最高兴的事情，脸上也只不过堆点笑意。她叫桂香，长得倒不美，像个小伙子似的，大个头，大嗓门，大手大脚，街上店里买不到她穿的鞋，她的鞋是自个一针一线绱出来的。镇上有人喊她叫"大脚板"、"假小子"。有的女孩子逗趣她：

"大脚板,你不要跟我们在一起,你是男子汉呢,上山采石头去呗……"

"哈……"女孩子们乐得又蹦又跳。桂香一点儿不生气。

她手很巧,女孩子们都喜欢接近她。桂香纳的鞋垫子针线密密的,细细的,绣的小花小鸟活灵活现的。别的女孩子一件花裋裳穿上一年半载的,哪个地方破了花就不穿了,桂香一件裋裳穿上四五年,她能在裋裳破花的地方,用花布和花线绣饰得整整齐齐,比原先还漂亮大方。

她心地好,每次上山搂草,她总是抢在别人前头完成,而且一点力气也不费似的。有时太阳当顶了,女孩子们慌慌忙忙收拾草准备下山,桂香会突然发现自己搂的草不够捆扎成草个子了,她心里有数,搂的草是足够扎成四个草个子,现在肯定是被别人抱走了。她不喊不叫的,别人背走了她的草,她再重新耙搂着草。

背草下山大都是中午时分,女孩子们有个习惯,总要在山涧里歇个脚,喝着泉水,吃着从家里带来的面饼和馒头,家里经济宽裕的,带些油条或者鸡蛋。桂香常带上面饼,有的女孩子早上忘带了干粮,或者提前吃了干粮,桂香就把面饼塞给她们吃,自己钻进山涧深处喝些泉水。喝了水,吃了干粮,翻山越岭腿脚上就有些劲了。有的姑娘背上的草太沉了,桂香卸下自个背上的草,帮她背上老远一截路。爬坡时,她们累得上气不接下气,桂香一点不在乎,爬上坡子大不了呼口大气;走平路,她们后腿跟不上前腿,两眼打个愣的时候,桂香把她们甩下多远。

我的街巷下的小码头太小了,几只装石头的木船就把它挤满了,买草的一只只小木船,稀稀疏疏泊在海边,有三四里路长,像条长龙似的。女孩子们从山上下来,都抢着靠近的船上去,最先卖掉草,趁太阳高高的再上一趟山,多挣一双花袜子钱。每回下山,女孩子们都看着桂香,就连桂香的好朋友云花也是这样,心想,桂香最有可能第一个上船,她背着一百三四十斤的草,一路歇不了几脚,肯定累得不行。谁知,每次桂香都拽着云花,背着草,朝最远最远的一只船走去,最后卖掉草。日子长了,云花咕嘟嘴了。她跟着桂香这样卖草,一天只能上一趟山,少挣多少钱?她嗔怪桂香道:

"你是烂泥脑瓜子啊?近船不上,偏上远船,看钱不挣!"

桂香笑咧咧地说:"反正要有人吃这亏的。咱俩吃了亏闷在肚子里拉倒,让她们吃了,嘴里嘀嘀咕咕的,不好听。"

"哎呀,就你思想好……"云花讥讽了一句。

桂香递给她一个莞尔的笑。

小木船上的人喜欢听卖草女孩子的笑声,就像喜欢坟井里的水一般。每次,他们的船要进小码头时,就尽量用尽船舱里的生活用水,靠上码头好换上新水。我的街巷上的水纯美哟,但女孩子更纯美,不过最纯美莫过于桂香……

桂香实心眼,看不惯别的女孩子卖草为一分钱吵得天红地绿的,闹得船家皱眉摇头直叹息。她没有为赚钱骗耍过船家。有的女孩子卖草可有高招儿了,秤杆抬得高高的,往下低时,手筒直像玩魔术一样快,灵巧地朝秤梢一退,谁也没有介意,多赚三四毛钱。丑死了!桂香心里不满地想:骗人家的钱拿回家,藏在箱底子心里也不踏实。

桂香巴望船上的人都能夸奖小镇上的人心眼好,喜爱小镇就像喜爱山上的水一样。她不愿听到船上人说一句小镇上人的难听话。有的女孩子卖草和船家讨价还价,把船家急得太阳穴上的青筋嘣嘣跳。这时桂香会背着草走上去,用最低的价钱卖给船家,让他高兴。桂香想,她这样做,他们会用小木船把小镇的好名声载向四面八方去的。

桂香心眼实得有点过火了。云花对桂香很有看法。一次,云花在半路上,往草里塞进不少碎石头,背上船,想压斤重,卖个大价钱。这没有躲过桂香的眼睛,她看出来了:平时,云花背的草最重不过一百斤冒点头,现在怎么一下子变成一百四十斤呢?她伸手插进云花的草个子里,掏出了碎石头。船家气得脸上变了色,像阴天里的海水,冷阴阴的。云花羞辱得抬不起头,脖子一扭,唔唔啕啕哭着跑回家。

她怎么也没有想到,桂香会这么样待她,还是朋友呢。呸,鬼朋友,臭朋友!我没有这个朋友!她在家里跺着脚,愤愤地骂道。云花从来没有受过这样的辱,她在女孩子们中是最漂亮的,她们都喜欢接近她,跟她在一起,好像自己也跟着漂亮起来似的,招来好多小伙子亲热的目光。云花在姑娘们当中是说一不二的,现在桂香这样待她,云花死活吞不下这口气。

桂香来到云花家,送来她丢在船上的背草绳和卖草钱。云花没有搭理她。桂香走了。云花看见桌上钱,哦,四块钱。她心一闷,自己的草就是卖了大价钱也不会这么多,桂香肯定是把自个卖草钱贴了她。但她还是没有原谅桂香,一直未搭理她,路上碰见了,头一低过去了。

海水也有浑浊的时候。最近个把月里,桂香变了,变得自私了!过去,她背草专朝最偏远、最没人去的小木船上去,现在抢着上靠近人群的小木船,也一天跑两趟山拾草。云花还有独特的发现,桂香不是随便上哪只船的,她独揽了一只带桅的船。每次,那船一靠岸,有的女孩子想上去,桂香不相让地抢了先。我们街巷上的女孩子对女的和男的那种事情最敏感。女孩子们发现桂香常上的小木船上有个漂亮的小伙子,哈,她们知道桂香为什么常上这只小木船了,癞蛤蟆想吃天鹅肉呀!她们嫉妒得狠:想得倒美,两脚跑得勤人家就能答应你哪!瞧你那模样,和人家站在一块儿哪儿配得上?那小伙子长得也特别,不像船上其他小伙子,脸白溜溜的。女孩子们还留心到,他甩掉衬衫,身上也是白的,在太阳下晒一天也不黑。

唏，她们心里肯定道：他皮肤是天生的白呢！他那对大大的、水灵灵的眼睛，透出一股男子汉大丈夫的英俊神气，还有那腰身，细不细粗不粗的，尤其胸肌鼓囊囊、结结实实的……

女孩子们上船卖草有个规矩，哪个人先上了哪只船卖草，其他人就不上去了，哪怕码头上来的只是一只船也这样，除非先上船的女孩子和你相好，拉你上船卖草，要不就是抢生意了，抢生意的人会让人瞧不起，大家都疏远、避开她。

这次破例了，云花借姑娘们嫉妒桂香的机会，怂恿她们涌上了桂香先上的小木船。云花心想：我一直以为你桂香思想好，宁可自己吃亏，也让别人得利呢，哪知，你心里想的……呸！也该借河水照照自己啥模样……现在她想压倒桂香！

桂香可不是好压倒的。云花招呼姑娘们，想抢在桂香前头上船卖草，早上上山，钻进松林里，把大辫子朝脖子上一绕，豁劲地耙搂着草，汗也顾不得擦一把。尽管这样，桂香耙搂的草还是比她们多，那草在她的耙子下，简直像耙搂不完似的，搂走一块，又来一块，不上四十耙子，一个草个子就捆扎起来了。她们慌了。云花想出了一个点子，几个人把草集中起来，捆扎成三个草个子，大家轮流背，抢在桂香前头下山。云花想，这草到船上卖个低价钱，非叫桂香上不了船！

到船边，她们嘻嘻哈哈乐作一团，相互瞧瞧，见对方没有注意自己，偷偷地，慌慌忙忙地理理额上的黑发，抿抿鬓角；有的整整衣服……

哪知，踏上船，她们吃了个闭门羹。人家说："我们有草哪！"

一时，她们心里那个气愤劲儿啊，别提有多大了：这船不是昨天才靠岸吗？大脚板昨天背两趟草就够哪？不要，不要拉倒，八毛钱一百斤，别的船上人还抢不到手！

桂香下山了。她背草走上船，那小伙子的妈妈喜得两眼眯成一条缝,隔着好远,张着两手,乐颠颠地迎过来,嘴里不住说道:"闺女,累了吧?快歇下……"小伙子捧着一碗开水,笑眯眯走过来,说:"喝白糖水吧。"

云花见了,气得咬牙切齿,恨恨地白一眼桂香,"呸呸",还啐上两口唾沫。

这天,姑娘们卖完草,云花向她们招招手,她们挤作一团,咬咬耳朵,嘻嘻哈哈乐一阵,像一群皮闹不休的山雀,喊喊喳喳,朝船上那小伙子家搭在岸上的跳板上涌去。

宽宽、结实的跳板,被她们一行人站上去压弯了,成了月牙状,她们在上面叽叽嘎嘎地哼着小曲儿。在船头上整理缆绳的小伙子被惊动了,掉头瞅一下,又忙自个的活计了。小伙子的妈妈蹲在一边烧饭。她们围住老太婆。云花偷偷瞟瞟小伙子,对着小伙子的妈妈,呶着小嘴,甜津津地说:

"大妈,我们想喝碗开水。"

"你们坐,我倒去。"老太婆喜笑颜开端过一摞碗,给她们挨个沏了茶。

云花把一个头上别着一朵月季花、扎着大辫子的姑娘推到老太婆跟前,笑着问道:"大妈,她好看吗?"

老太婆瞟一眼她:"好看,好看。"

她们"咯咯"地笑起来。云花喜孜孜地说:"她叫小俊儿呢。"说着,又推过一个姑娘,问漂亮不漂亮,老太婆又说"好看"。她又推出几个姑娘,老太婆都说模样不孬。她又站在老太婆面前,两手理着大辫子,笑着问:"常卖草给你家的桂香模样怎样呀?"老太婆点点头,乐呵呵地说:"都好看……"

云花撇嘴了:"大脚板那个样子怎能和我们比……"

小伙子撑着小木船走了。桂香背草下山被她们包围了。她们阴一句阳一句地撂起咸腔:

"大脚板，他走哪？什么时候回来呀？"

"假小子，你怎没跟他走呀？到南京、上海逛逛呀……"

她们疏远着桂香。清早，云花当着桂香的面，招呼她们上山，一路上有说有笑的，云花笑声最响亮的，她存心让桂香心里难受。桂香独自落在后边，冷冷清清的。中午，在山涧里吃饭，她们互相交换好吃的，谁也不看坐在一边溪水旁吃着干粮的桂香；爬坡时，她要帮人背草人家都不理睬。晚上，她们热热闹闹去文化馆看小戏，桂香在文化馆门外转圈子。她委屈极了。但她没有向云花说出什么，说什么呢，说出来云花还更笑话呢。

我们街巷上的夏天晚上纳凉是好受的，天不冷不热。河面上吹来的风挺大，在马路边、家院里，纳凉的老头老婆子不用扇子；睡觉时，腰间还要盖件衣服，不小心会冻出病来。

街巷马路上的几盏白炽灯，不怎么亮堂，昏蒙蒙的。桂香站在电灯光晕下，大辫子乌溜溜的，宽宽的肩膀显得那么坚实。她望着小码头上的灯火，想起那个小伙子，想起那使她难受委屈的事。

我的街巷是多情的。桂香也是多情的。那天，她上船卖草，一块五毛钱卖一百三四十斤草，那船上小伙子和老太婆嫌贵，别的女孩子卖两块五毛钱一百斤草呢！桂香又让一步，说卖一块钱，他们还是嫌贵。最后，桂香知道老太婆的男人和闺女得了病，家里很穷，指望儿子和他撑船挣钱过日子和治家里人的病。桂香一声没吭，一分钱没收，丢下草走下船。以后，小伙子的船来了，泊在那儿桂香就把草背到那儿，一分钱不收，一个月这样，两个月还是这样。

转眼秋凉了，那小伙子的小木船又来了。桂香背草上去，一眼看见小木船上有了新变化，装置了柴油机，老太婆不在船上，替换上一个十八九岁的姑娘。小伙子递给桂香一沓钱，眼里含着笑，说：

"我妈妈千叮嘱万叮嘱，让我一定把这钱还你。"

桂香抬手理理额上汗渍渍的黑发，说："你们把我们小镇上人看成什么人了……"

小伙子笑乎乎地露出一口白晶晶的牙齿:"现在咱家日子好起来了,爹和妹妹治好了病。爹有手艺,在家里办起白铁社,妹妹跟我撑船,咱家每月收入几十块钱呢……"

桂香没有收下钱,背上草,朝前面最远最远的一只船走去。

小伙子呆呆地盯望着她,半晌,一甩手,懊恼地耷拉下头:唉,妈妈还说这女孩子心里有我呢,我们家就需要这样实心眼、能干活的儿媳妇,可人家心里……

海边泛着碎碎的细浪……

云花眼尖,发现了小伙子给桂香钱。街巷上炸开了:撑船人和大脚板订婚啦!撑船人送给她有六七百块钱呢!

女孩子们涌进桂香家,七嘴八舌地朝桂香她妈讨喜糖吃。她们那边刚走,桂香这边来家了,妈妈絮絮叨叨地说起桂香的不是。桂香一口咬定,没那回事!

桂香不上那小伙子的船了!小伙子老远望见桂香走来,把跳板铺得平平整整,稳稳实实,等待桂香上来。可桂香从他眼前走过去了。一天两天都是这样,小伙子两手卡住腰,满脸通红,站在船上,望着她向远远的船走去。

云花瞅出蹊跷来了,一跺脚,心里骂道:骚劲儿简直没有地方搁了!订了婚,还扭扭捏捏,给谁看的!假正经,背地里骚劲儿还不知怎样大呢……

云花的鬼点子小木船装不完,她抿抿嘴,心里冒出一个点子:好!你桂香不上他的船,我来上,让你急得心痒痒。她身上背着草,快步朝小伙子船边走去,刚抬步要上跳板,船上小伙子弓下身,猛地把跳板抽上了船。云花闹得脸上比五月里的月季花还红。

小伙子的心完完全全被桂香抓去了,直愣愣地在船上站了一下午,两眼带着火,盯望着桂香远远卖草的地方。

桂香卖草回来，天都黑了。那小伙子在一个僻静的地方拦住她，大声大气地质问道："过去你能给我送草，现在花钱买你的草为什么不上去，我有什么地方对不住你？"

桂香一手捏住辫子，一手拿住绳子，声音很大地说："那时你家买不起草，我送你草，现在你家有钱了，买哪个人的草都行，我这草就随便卖了。"

他紧紧地抿住嘴唇。半晌，突然说："那我把船撑到你卖草的前边去……"

她一笑："那随你便……"

桂香把辫子朝后轻轻地一摆，走了。他急了，脱口喊道："等等。"

桂香收住步子。小伙子站在她面前，心嘣嘣跳着，两手搓着，憋了半天，红头红脸地说："我妈喜欢你，她让我对你说的。我，我……"

桂香浑身不自然了，两脚不由自主地朝前走，嘴里说："我，我人不好看……"她步子越走越快，话越说越紧，"我不出小镇子……"

她匆匆走着，刚拐过一个巷口，一个大辫子姑娘猛地搂住她，桂香吓得浑身激凌一下。大辫子姑娘笑了："我是云花。"

"云花！"桂香惊喜地叫起来。

云花抱着桂香肩膀，心里难过极了。她静悄悄跟着桂香多次了，心想，桂香和那小子搞对象说不定能闹出点笑话来，那她就能报仇煞恨了。刚刚，一路跟着桂香，小伙子和桂香的话全听清楚了。她懊悔了。

云花抬起头，抹下鼻涕，用手揩揩眼泪，说："桂香姐，我对不住你，全是我不好……"

桂香搂住云花，笑了："云花，也怨我，该向你说清楚……"

一弯新月从东山顶上爬出来了，明晃晃的，桂香和云花沐浴在淡淡的月色里。桂香看见云花头上有几根松毛针，抬手拿下来；云花也看见桂香头上有几根松毛针,也给轻轻拈下来……

第二天清早,云花起得很早,领着几个女孩子,嘻嘻哈哈涌进桂香家里,招呼桂香上山。

中午,那小伙子的船静静地泊在原地方,他没有把船撑到桂香卖草的前边去。怎么回事?不知道。然而,上船的踏板铺得稳稳实实的……

女孩子们下山了。桂香背着草,朝最远最远的一只船走去,云花一步不拉地紧紧跟上她,其他女孩子也都跟了上来。桂香拽过云花,低低地说:"云花,那小伙子船上没人去,你去……"

"你去,你去。"云花不等桂香说完话,连连说。

桂香说:"真的呢,你长得好看,他也好看,你俩……"

"不听,不听。"云花脸上飞起两朵红云,两手捂紧耳朵,连连晃头。

"嘻嘻嘻……"海边撒满甜美的笑声。

笑声很响亮,那船上小伙子被惊动了,捺不住地钻出舱,两眼望着远去的桂香,望着背草的女孩子们,望着小镇……

上山拾柴草,在山溪里歇息抓小虾充饥,到海边船上卖草,是我海边生活和记忆的组成部分。这是一段纠结但又感到轻松快乐充满浪漫的生活。里面的人物是真实的,也有我的感受,我曾经的经历,只不过是把我这个男孩子换成了女孩子。这是一个人必然历经面临的人生阶段。我写她们,是感到海给了她们清纯和明朗,是在写青春和自然美的诗歌,是在抒发人生的暖意,人间爱的芬芳。今天现代工业化、市场化的光芒的确万丈,人创造的文明成了桎梏自己的镣铐,像我的街巷那清新的海风和自由明亮的白云,已渐行渐远,起码我是看不到了,只能成为失落、破裂的梦幻,只能成为唉声叹气。我重温往事,也许海之灯能从心灵中唤回当代人拥抱自然美,拥有自然精神。

伊村出发

对于我这么一个搞文学的人来说，这次去南京伊村饭店是一种缘，走进里面是一种缘，在里面住上七天更是一种缘。看见伊村饭店几个字，走在伊村茂密的树林下，踏在平坦松软的柏油路上，听着满山鸟雀啁啾的声音，我暗暗咀嚼、回味伊村的伊字。

是一种巧合？是一种意念？是一种缘分？伊村从诞生开始，默默地坐在小山坳里，任葱茏的树木恣意地覆盖，仿佛它的存在就是在虔诚地等待着省作家协会今天地选择，等待文学在今天幸福地光临，等待我们这样一群年龄不小不大、忠诚文学的人踏来。

一个伊字，让我对这里一切的一切亲切起来，让我对造出方块汉字的我们祖先顶礼膜拜，肃然起敬。从此，七天生活都与伊字缠绕在一起，扯也扯不开，扯了反而乱。说伊村吧，其实就是彼村，心中的那个村。我心中的那个村，是割舍不去的文学和文学朋友。伊始这个词的解释是新的开始，用伊始诠释伊村，那我们的文学写作是要从这里开始新的起头。给我们讲课的米教授说的是伊字，笑的也是伊字，虔诚的是更是伊字。知道伊玛目吗？穆斯林集体礼拜时站在前面主持礼拜者是伊玛目，他是清真寺的教长。米教授研究伊玛目，研究伊斯兰教。伊斯兰教是宗教，宗教是一种情感，是一种信仰，是一种哲学。宗教可以不要哲学，但是哲学不可能没有宗教。

伊村很容易和《圣经》中的伊甸园联想在一起，上帝为亚当·夏娃创造的那个生机盎然的伊甸园也莫过于伊村，流水潺潺，树木繁荣，鲜花飘香，果实诱人。亚当·夏娃被蛇诱惑，偷吃了禁果，遭到了上帝惩罚。在文学的伊甸园里，要创造一部惊世骇俗的大作品，不是也要面临重重复杂的禁区吗？也许历经了苦难也不会获取禁果，也许结果还比不上亚当·夏娃的好。

伊字圆了我的文学梦。我的文学伊始是一九八〇年六月，省作协在无锡柴油机厂举办了第一期青年作家读书班，为期两个月，我有幸成为这个班的学员。那年，我二十三岁，虽距离现在二十五年，这期间历经过无数的事，有的事做过就忘了，甚至一点痕迹也没有留下来，但参加省作协第一期青年作家读书班深深地留在了心里，成为了生命的一部分，那些人和那些事至今活生生地出现在眼前，一切像发生在昨天一样。在四十八岁的今天，我又参加了省作协举办的第一期中年作家研讨班。两个伊始，两个第一期都被我遇上了，所拥有了，两种环境重叠在一起，变成了一种心境，一种情感。我仿佛又回到了丢失在一九八〇年六月里的年轻的二十三岁，我傻傻的，爱做梦，对什么似乎都懂，又似乎不懂，对什么都容易激情用事，却又容易稍纵即逝。

命运给我划了一个圆，文学给我划了一个圆，我又站在曾经兴致勃勃的、满弓发出的起点上，站在两个伊始的交汇点上，星光和阳光不分昼夜地照耀着我，历史和现实在不停地昭示着我，我背上生活的行囊，系紧鞋带，拿上一本好书，揣上一瓶纯净水，在阳光下，在星光下，在雨里，在风里，在泥泞里，在一片树林里，从伊村出发……

轻轻地吻一下岚山

　　知道日本的岚山，是因为岚山有一块周恩来总理的诗碑。

　　出了京都不远，就是岚山。一个轻盈如纱，恬淡似烟的岚字，点化了岚山。于是，水活起来了，山灵起来了，枫树燃起来了，鹭鹚仙起来了，鸳鸯抖起来了，小鱼恣起来了，芦苇花飘起来了。

　　去岚山是看枫叶的。十一月是岚山枫叶最好看的时候。岚山的枫叶蓦然地跳现在你眼前时，你会一时不知所措，心荡神摇，怀疑自己的眼睛是不是看错了，你会找不出任何美丽的语言美赞她，只能睁大眼睛久久地去看，让头脑去尽情地想象，让感情放纵地奔流。岚山枫叶与北京香山的枫叶不同，与南京栖霞山的枫叶也不同，是海洋气候的温润，她五色斑斓，深浅不一，澄澈鲜亮，水灵灵的欲滴。岚山的枫叶像出自一位美术大师的画笔下，又像是神仙的杰作，丰富的色彩浓淡相宜，艳而不俗，温温和和，徐徐吐香；枝枝叉叉你拥我挤，我拉你拽，却挤而不乱，闹而不哗，叠而有隙，静而有声；红色在黄色面前不争俏，绿色谦让靛蓝色，紫色对橙色彬彬有礼，嫩黄色在淡蓝色面前一团和气。阳光像泉水从枫林上潺流。枫叶的寂静产生的一种大美大境，让人神往，岚山是一张绚丽的国画，是一扇精致的屏风，是一块华丽的壁毯。

岚峡两边窄窄的山路上,看枫叶的人群如潮。岚山的枫叶群芳烂不收,吸引得鸟儿不停啁啾,弄得鹭鸶在水上翻飞起舞,这不能不说是岚峡给她带来的凝动。岚峡在漫山的枫叶下像是一道苍绿的裙裾,又是一首舒缓悠扬的音乐。岚峡的水不深不浅,也就是两米左右,见得到一团团青藻,鲤鱼成群结队的,或在水面追逐涟漪,或潜水底摇头摆尾。岚峡的一泓水似乎就是守候着漫山的枫叶,不让这倾城倾国的姿色随意丢走,全部收留在这镜子一样明亮的水面上。山上的枫叶也已醉人,再有水上的枫叶画卷,看人已不能自已了,更何况坐上一叶扁舟,优雅地漂在漫山漫水的枫叶上,俨然成为了一个画中人。赏人心醉了。

岚山枫叶有人气,离不开水,岚峡的水有灵性,离不开鹭鸶和鸳鸯。岚山傍海,鹭鸶云集,常常落在游人的头上、肩上,与人伴游。

也许,只有岚山了,人吻着山、水、枫叶、鸳鸯、鹭鸶,枫叶吻着水、山、鹭鸶、鸳鸯和人,水吻着枫叶、山、鹭鸶、鸳鸯和人。

我轻轻地吻一下岚山。在岚山霞霭虹霓和碧水盈荡的风景中,一片原始的芦苇荡和蛮荒的河床,以及坐在芦苇荡里安闲垂钓的老翁,也让我情不自禁地吻了一下,岚山有岚气,芦苇花开得也铿锵声响,如白色的火焰。

一座小山头,是密密的松树和枫树,树叶隙间流进来的阳光柔和妩媚。周恩来总理青年时代在日本时写下的诗句"雨中岚山",后由廖承志手书,刻在这里一块朴拙的青石头上。此时此景,若你是一个中国人再看其他处的枫叶,与这儿的枫叶截然不一样了。看山水是有心、有情的。

这儿的枫叶只要你一枚一枚的赏,会发现每一枚都不同,但都有激情,都是激动人心的乐章,都是金色的诗篇。

看枫叶要心静,你才能从中看到小溪,看到鸟语,看到月亮和星星,看到潮汐和白帆,看到你的青发渐渐地一根根、一缕缕变白了。青年时的周恩来在这里看枫叶，当时潇潇雨，枫叶上淌着清亮的水。这从周恩来的诗句里能品出来。他在雨中的枫叶上见着了鲜红的光亮，看到了人间的万象真理，渴望迎着中国革命呼啸的大潮而上。

我看到了岚山枫叶的魂魄。我读懂了岚山山山水水、草草木木的心情。我的肉身与异国异乡的山水和枫叶糅在了一起。

周恩来总理的品格、修养、气度与岚山的山水是多么的和谐、贴近啊！伟大的思想是穿透云层的一道阳光，染红了枫叶，染绿了水，给一座山以勃然的生命。

在岚山，我轻轻地放慢了脚步，轻轻地吻了一下。

日本早晨的素描

　　我头脑里想的和亲眼所见的是天壤之别。有些东西是永远无法想象和临摹出来的。

　　到日本神户市的明石第一天，我起了个大早。

　　晨曦的流云依稀可见，明石这个依山傍海不大的城市在成群的海鸥噢噢唤声里睁开了朦胧惺忪的眼睛。

　　日本的早晨开始了。我不敢懈怠，不敢浪费仅有的七天时间，开始认识这个陌生的岛国，感受这个与中国靠得又近却又很远的国度的新鲜的每一秒钟、每一分钟、每一小时。

　　明石乌鸦多，在树上、房上、桥上一声声地叫，沉沉的声音，难听归难听，却没有人侵犯它的权利。乌鸦唤声中的明石有了一种冷峻、萧瑟、神秘的气息。宁静的城市，更静了。

　　街上道路不宽，很洁净，黑白分明，黑的是柏油路，白的是交规线条，醒人夺目，像被水刚刚洗出来的白。大小车辆疾驰而过。车辆鸣笛声是听不到的。行人脚步匆匆，他们看不到绿灯亮绝不会穿越人行道，哪怕马路上没有一辆车，空荡荡的，也这样坚定地在路边守着。电车大约五分钟一班，长长的十一节车厢在宁静中疾走。

　　电车站台上，人群如蚁，要搭乘早班车赶往远远的大阪、神户、京都、奈良、堺市上班。电车来了，人群平静，列兵一样整齐划一，双脚不会踩到禁戒的黄线，紧紧贴着黄线内站着。上车彬彬有礼，鱼贯而入。一闪而过的电车厢里，男的、女的、老的、少的昂首挺胸端坐着，目不斜视，没有言语，都凝固在宁静中。

依山而筑的住宅，层层叠叠，一幢一幢的，方方正正，积木一样，有两层，也有三层，造型各异，顶子是一样的小瓦片，五颜六色，平和而静雅。家家门前，不问院落大小，都有花草树木。

海边有钓鱼人、晨练人、看海景人，海鸥在他们身边遛跶，看他们钓鱼。人与海鸥关系和睦。

早餐了，餐厅里静的空气里偶尔响起几声轻微的刀叉碰撞声，人与人聊话几乎是贴在耳朵上，似乎生怕别人听见。

全日本只有一处的孙中山纪念馆在明石。日本不叫孙中山，都叫孙文。日本人给孙文纪念馆找了一个风景独好的地方，守在明石海峡边。明石海峡大桥是日本跨海最长的桥，海峡辽阔，水深发乌，湍流滔滔，铿铿锵锵。日本很有些人对孙文有感情，纪念馆的负责人为在纪念馆工作感到荣誉。纪念馆里孙文的图片资料林林总总，丰富多彩。一名中国江苏的留日女研究生在馆里打工做翻译。纪念馆是一个三层小洋楼，她像为在海峡里的船只导航的灯塔。然她确不是海峡上的灯塔，而是耐人寻味的当时沉沉一线的旧中国导过航的灯塔。小洋楼也静，在这里一下静了一百多年。

日本的早晨宁静悠远。

生活需要一种心态，与自然和谐，人才能达到内心的和谐，求得宁静。

日本人守着一份宁静，也许是摆渡物欲横流、光怪陆离的现代社会生活的一种方式。

日记上的日本

今天，是纪念中日邦交正常化三十五周年暨中日文化体育交流年"日中书法交流展"开幕的日子。

日本人选择下午一点钟举行开幕式。我脑筋一时没转过弯子来，在中国一般是在上午举行开幕式和一些吉庆的事情，上午太阳冉冉升起，阳气上升，有升腾、紫气东来的意味。看来，在日本得换一种思维方式了。日本人办事情是讲究实际的。

交流展放在兵库县国立美术馆里。日本的县等于中国的省，神户市在日本的地位相当于我们江苏的南京，省会中心，又是日本数得上的大城市。

天气不好，满天灰色的云絮，海面上的风带着寒意，阵阵吹拂着神户这座现代化的海滨城市。

离开幕式还有几个钟头，我们先参观了日本唯一的人和防灾未来中心。这是两幢防灾未来馆和人未来馆，展示了一九九二年神户大地震时的纪实图片、声像惨景和人的未来幸福憧憬，地震多发的日本国男女老少都来这里接受教育。一批批的日本男女中学生穿着单薄短装的黑白相间的校服在大理石地面的广场上席地而坐。我担心，这些孩子会被冻得受不了，尤其是女孩子，穿着短裙，赤裸着两腿，能挺得住吗？翻译告诉我，他们习惯这样了。

午餐进行得迅速而整洁。一个饭盒里，两只小碗分别盛着米饭和面条，还有几枚生鱼片，几片生菜叶，我叽哩轱辘的肠胃还没有尝到吃饭的感觉时，一顿饭已经在安静中结束了。适应一个民族的饮食习惯吧，已过来的三天不就是这样嘛。一切都是匆匆的，走路匆匆的，时间的节奏匆匆的，说话是匆匆的，吃饭也是匆匆的，坐车和办事也是匆匆的。这样也好，删繁就简，不耽误事情。

丢下饭碗，我们就赶到了美术馆。

十分现代的美术馆与蔚蓝的大海构成和谐的一道风景。美术馆不高，但构架很大，方框结构，银灰的外表。这是日本著名的建筑家安藤忠雄设计的。里面有许多精彩的亮点：不仅展示美术作品，也是作为各种艺术融合的一个场所，在建筑物单纯明快的构成中却能够实现复杂多样的空间体验，制造出能够提高观众的感受性、诱使观众展开联想的平静氛围的大厅，与之具有对照性的围绕着充满阳光的展览室周围的玻璃幕墙回廊等等，建筑内部的各个部分都能看到丰富的阴影。眼前宽阔的蔚蓝大海和这座巨大的迷宫仿佛融为一体，演绎着各种光的变幻。

开幕式在偌大的展厅里举行。

地毯鲜红夺目，我们代表团和日本人都整整洁洁地坐在椅子上，这与连云港文化有差异，我们在这里举行展览时，都是站立的。兵库县国际交流协会副理事长丹羽修致祝辞，我作为代表团副团长致了开幕辞，团长李锋古受我市领导委托致了贺辞，副团长兼秘书长张耀山红容满面地向日本人介绍了随行的团员。李锋古参加了剪彩。日本人剪彩与我们在连云港不一样，都戴上洁白的手套。这也挺庄重。欢声笑语洋溢在展示着中日书家一百件作品的大厅里。有许多日本妇女穿着鲜丽的和服，像蝴蝶在人群里飞来飞去的，把轻轻欢乐的笑声洒落在展厅里。

现场书法切磋交流开始了，中日书家们在盈盈几尺的白色宣纸上尽情地奔泻着感情，迸溅着灼人的思想火花。我是领略到市书协主席张耀山的气度和神韵了，在书法艺术和人的品质上臻美和谐，力度不俗，让日本人刮目相看。

中日书法理论研讨是出访日本的又一亮点。兵库县书人联合的两个牵头人——太田和原田，真是两个中国通，谈起中国书法文化，口若悬河，滔滔不息，从魏晋谈到明清，如数家珍。我为灿烂的中华文化在日本的厚重影响，心里一次次地豪情汹涌，感到作为一个中国人的荣誉和自豪！太田七十多岁了，仪表堂堂，像这样气宇非凡的日本男人真的不多。他为了把握中国书法，从源头溯起，自费到中国的北京大学潜心学习汉语半年多。我从事文学创作，对书法文化朦朦胧胧意识到一点，这次到日本，对中国书法，对连云港书法，对代表团的张耀山、何连海、陈迅、于剑平、李敬伟、王善同等书人的书法造诣和他们对中国书法精髓的把握有了重新的质的认识。我第一次看到张耀山是这样的从容善谈，在中国书法文化的河流里这样陶醉和自信，他向中日书家们痛快淋漓地展示了一个书家丰富的内心世界，吐露了对中日两国书法的感受，在不同的国度，不同的文化背景下所彰显出的不同艺术魅力。

何连海让我在蔚蓝色里看到了中国书法界的一位后生厚积薄发，勃勃锐气。他对中国书法艺术上下千年的纵论，对日本书道的独特理解，让日本书家感叹不已。

中日书家合影后，我看到一直为书展带着一身疲惫、忙忙碌碌的太田先生吁了一口轻松的长气。他对我喃喃地说，你们来之前，日本气象台说今天有雨，可今天没下雨。看来日本气象台也有报不准的时候。

英国和爱尔兰让我叙述

　　选择多情多姿的七月去英国、爱尔兰是一件多么快活的事啊，尤其是跟随江苏省作家协会代表团出访更是撩起了我对旅程色彩斑斓的遐想。几部电影《魂断蓝桥》、《三十九级台阶》、《伦敦上空的鹰》、《百万英磅》和徐志摩的诗《再别康桥》，成为我对英国的全部印象和神往。蓝桥还在聆听泰晤士河涟漪的喋语吗？蓝桥上的断魂爱情故事还在泰晤士河上弥漫吗？天上的云絮还洁白如玉地擦拭着三十九级台阶上铮铮有声划动的大钟吗？剑桥大学的康桥还在斜斜风雨里、霞霭晚照里、芦花柳絮里、清徐流水里，等待徐志摩来吟诵《再别康桥》吗？

　　没有去英国前觉得这个国家与我没有关系，最多起兴时在地图上看看英伦三岛，用手指比划一下，离北京远着哩！要去英国了，远在大西洋边的这个国家一下子与我拉近了距离，感觉很缥渺不实际的地方并非不能靠近，在时间里一切都有可能发生。

　　英国始终给我一个蔚蓝色的印象。蔚蓝色应该是地球上最美丽的色彩。

　　我把去英国的旅程想象成了蔚蓝色，飞机沿着蔚蓝色的海岸线巡航，机舱里的旅客也为蔚蓝色的旅程和即将抵达的蔚蓝色目的地心花绽放得也成了蔚蓝色。

第一次乘坐长途飞机，我还是没有经验，很累的，哪有什么色彩斑斓、蔚蓝色的心境。我的位置紧傍舷窗，以为舒适又赏景，暗自高兴之余，对一边同行的倪道潜处长作出热情姿态，邀他坐窗口。道潜与我同龄人，连连摆手，推脱。我只当他谦虚呢！

叶兆言有好位置，却跑到最后一排独自坐着，连连叫我："后面坐不满的，过来，让王主席他们坐得宽敞，你也舒服。"

我在后面中央一排也独占三个位置，心里却对前边空出的靠窗位置心心念念。

道潜始终没有坐到窗前，在自己的位置上时而出来走动一下。我明白了他为什么要坚持坐在人行道边上，叹服至极，老江湖呀！

在一万一千五十五米高空，飞机像中国的夸父，追着地球的自转，追着奔跑的太阳，沿着内蒙古的乌兰巴托、俄罗斯的乌拉尔山脉、新西伯利亚、莫斯科、圣彼得堡，穿云破雾，以一小时九百多公里的速度飞行。

机翼下白云、湖泊、山脉、森林、村镇，五彩缤纷，一枚枚、一方方、一瓣瓣，像轻盈的树叶、云絮，飘飘地从我眼前游弋过去。

飞机的速度与地球公转的速度几乎相等，从北京启程是白昼，下午一点三十五，抵达伦敦依然是白昼，下午五点半。北京该到夕阳落山时了，伦敦却正是阳光万丈。十点钟姗姗来到时，伦敦才很不情愿地合上夜的眼睛。

我几乎不存在时间差，在伦敦的第一个晚上睡得很沉。兆言和我同室，在他眼里，我睡得很美。他用羡慕的口吻说："你睡得真香，让我很难过。"

他几乎一夜未眠。他到陌生的地方常常失眠。他对自己从小就孱弱的身体很愤懑。

在伦敦第一夜很难过的还有团长王臻中，还有赵本夫，他俩都失眠了。让赵本夫更难过的是在室内不许抽烟。他有二十多年的烟龄。一到宾馆，他第一句话是，"房内能抽烟吗？"话一出口，他又知道等于没问，室内都有抽烟自动报警装置，一旦响了，警察就上门了。为了战胜失眠的苦难，赵本夫在宾馆前的大道上跑了几个一千五百米，对着晨曦中伦敦模糊的轮廓狠猛地吸了几棵烟。

道潜睡得精神，清早一照面，脸上是呵呵的笑。

兆言又啼笑皆非了，领导说英国、爱尔兰宾馆里没有热水，饮的是自来水，为了领导和自己能喝上热乎乎的茶水，他不负期望，不远万里背来两个电热壶。可进了房间，他哑然失笑，配有电热壶。

伦敦伸出绅士一样的手，开朗地拉我们走了进去。伦敦要把最象征这座城市和国家的景观让我们在第一时间里赏心驻足，能记住她。

下车时，突然豆粒大的雨点在阳光里噼噼叭叭甩下来了。陪同的工作人员兼司机早有准备，为我们递上了折叠伞。伦敦多雨，一年二百五十多天下雨，海洋气候，天空的云朵都是跑的，七月里天气凉爽爽的。

应该是繁丽的市中心了，玫瑰丛畔，槐柳阴旁，青草圃前，毗连着托拉福加广场、白宫街、维多利亚街、泰晤士河，装有八米见方的大笨钟，是电影《三十九级台阶》里的大教堂，还有一座座高耸的中世纪教堂庄严并立，森林似的尖阁在灿烂的阳光下闪烁着神圣的光芒，永恒直指着天空，朴素的气象，令人起敬。

威斯敏斯特教堂，又称名人堂，有近千年历史，是英国国王加冕登基的地方。梁启超先生写过这里，我读过那篇文章，对这里做起过多少回奢侈的梦。我轻轻走进这里时，真的怀疑是不是还在梦幻里，用手悄悄摸一把高大的黑门，才确信是真的来到威斯敏斯特教堂里了。这是英国国教的教会堂，是国家和王室的大礼堂，是全英国老百姓天天公共礼拜祈祷的地方，她又是个国葬之地，几百年的名人坟墓都在寺中。我们是来看名人墓的，这里有王室诸陵，有功德于国家的人，发明蒸汽机的瓦特墓就在里面。这里是一个大社会，政治大舞台，葬着的都不是简单的人，活着的时候，呵呵，有的飞扬跋扈，是玩弄权术的高手，有的滴血成仁，是侠肝义胆的骑士，有的金石之声，是用他的思想照耀人类，有的震古铄今，是用生命去冒险证实人类的强悍。我寻觅，我目睹的是作家、诗人。

在寺的一角，我触摸到了耳熟能详的一个一个如同黄钟大吕的名字，莎士比亚、狄更斯、拜伦、哈代、肖伯纳、劳伦斯、夏洛蒂、勃朗特三姐妹、司各特，等等。星座照耀着我们。没有千年之隔，没有百年之生疏，文学与文学的清流在此时此刻交融、汇集在一起，湍急地泻下高山，蜿蜒于平川，浸润着葱翠的草原，唱着清朗、奔放、宽广的歌，一路豪气地奔向大海。

在这寂静的时间里，在这铺在地上寂静的并不显眼的被人任意踏踩的一方方小小的大理石墓志铭上，我才恍然发觉思想的伟大，精神的伟大，作家的伟大，寂静的伟大，时间的伟大。

丘吉尔的墓也在这里，他也寂静地睡在里面，不过他与那些作家保持着几步距离。他该是双重身份进的名人堂，写作对他来说，既是政治跳板，又是感情的安全阀。身兼诺贝尔文学奖伟大作家的伟大政治家和战士从来是非常罕见的。这位二战中的英国首相在战后本应胸前缀满叮当作响的荣誉勋章，但大不列颠曲折的道路，大西洋的飓风，波罗的海的暴风骤雨，像影子一样潜伏在他脚下，等候着他自愿的来到，考验着他生气勃勃的生命。他在大选中丢掉了首相的乌纱帽，五年后再次爬起来坐上首相的席位。他面前只有一个世界、太阳、星辰和旗帜俯瞰着世上的道路和目标。英国给了这位捍卫人的崇高价值的作家与政治家及战士最恒久的荣誉，进了名人堂，墓志铭大于其他作家，镶嵌在每天接迎太阳洒下灿然辉光的东门口。

在飞机上时我看见过一条河，像从天上飘落下去的一根蓝绸带子，浪漫、柔和、宁静、祥和地淌过伦敦市中心，我心里立即呼唤，是泰晤士河。这应该是世界上著名城市里河上桥梁较多、历史文化最长、最有特色、最有故事的河流了。河上一共十三座桥，滑铁卢桥、塔桥、千年桥、黑修士桥、坎农桥等，每座桥都有个性，有特色，别开生面，品位迥异。伦敦有名的教堂几乎散布在泰晤士河畔，她们给河流绣上了金灿灿的边子。我似乎站到了泰晤士河边，浪花溅湿着裤脚；我上了滑铁卢桥，轻轻拨弄开湿漉漉的雾，在一片混沌中找寻《魂断蓝桥》里的男女主人公甜蜜的和凄楚的爱情故事，听见河里的涟漪同情而惋惜的哀叹声。

当我实实在在地站在泰晤士河上，久久地看着淌着的河水，欣赏着塔桥、滑铁卢桥、千年桥，思想感情的潮水奔腾起来了：泰晤士河，伦敦的母亲河，流走了英国多少个黑夜、阴霾、辛酸、苦难、委屈与屈辱、血与泪水，留下了这个国家、这座城市的多少阳光、鲜花、光荣、梦想、璀璨的文化和历史啊！

河流的历史，就是一部人类史。

我任凭泰晤士河上的风搔弄我的头发，扯拽我的衣服……

我们几人手中的相机睁大瞳孔，一眨不眨，不溜过身边怦然心动的一缕阳光，一块婆娑的树影。

摄影颇有点专业艺术感觉的是道潜，我们的相机一秒钟内能拍上两个景致，他瞄上一个东西，瞄了又瞄，选角度时，背着一个沉沉的大黑包，常常跑出几十米外。我们在街上看人、看物，他却在看他的人的艺术。我们两脚累得走不动，在街边槐荫下的椅子上坐下，他还要两脚不停，在人群里、树丛里、街巷里跑着、拍着。

我也学会了，道潜拍什么，我悄悄地也拍什么。

很多景致在我看起来是很入镜头的，国会大厦、伦敦眼、白厅街、唐宁街十号首相官邸，还有鲜亮抢眼的皇家骑兵营，可在道潜眼前像一条无声无息的小河，不泛一点浪花流过去了。

赵本夫小说写得好，一篇《天下无贼》闹得旅居海外的华人都记住他的姓名。他摄影技艺也不错。不过，他嫌照相不过瘾，带来了多功能的相机，能做摄影机。

兆言拍照少，不喜欢趋于故意摆出的姿态。这与他创作小说的理念有否默契呢？

在伦敦第一天上午，我们两脚不停地走，究竟走了多少路，看一眼楼宇之间纵横交错的路就知道了。

午饭后，我们早早到了英国作家协会门口。翻译未到，我们坐在车上等她。

肯定是伦敦这座城市的刻意安排，让我们欣赏一下英国人高雅的绅士风度。一个身材修长的英国男人，头戴乳白色的礼帽，身穿一件乳白色的风衣，翩翩然走到我们车前。一阵风来，他头上的礼帽被揭了下来，像皮球一样在路边翻滚。他连追几步，拣起礼帽。他看见我们了，觉得丢了斯文，举止不自然起来。他专门走到我们敞开的窗前，一边朝头上摁礼帽，一边笑着，用英国式的幽默，解嘲说："难道中午请我客吗？"说了这话，他觉得拣回了脸面，兴步走了。

在伦敦以后的日子，道潜突然对各式各样、五颜六色的轿车产生了兴趣，相机不停地闪光起来。

伦敦最高建筑是中世纪的教堂，道路也不宽敞，树阴下的楼房沧桑得有历史感。路上的士，都是老爷车，鼓鼓囊囊，像青蛙，两里路收两便士。英国规定，司机每天总驾驶时间不得超过八小时，停车时保护环境，不能开空调。有三排门的豪华轿车，吸引很多人眼球，那大都是沙特、阿联酋的富豪开的。中东天气炎热，他们带着家眷到伦敦避暑。他们不在乎钱，流不尽的石油是花之不竭的英磅、欧元、美元。街头上，常常出现一个穿戴华贵、体格粗壮、趾高气扬的中东富豪，后面尾随着五六个窈窕女人，脸上、身上被黑纱遮得严严实实。在中东，男人能娶几个女人。有几个身披黑纱的女人，在大腹便便的男人身后，踌躇满志，意气扬扬。

路上，道潜打开车窗，让相机尽情地饱览伦敦轿车汇成的精彩世界。一个四十几岁的英国男人，见中国人拍他轿车，忽然，一拨方向盘，车子卡住我们车子。我们懵了，他被道潜的拍照激怒了？他要求赔偿肖像权？我们忐忑不安。那英国人把脸伸出窗外，做出一副正襟危坐的样子，叽哩哇啦说了几句话后，一拨方向盘，走了。翻译说：他怕没照好，让再照一次。又是英国人的幽默，虚惊一场。

在一条著名的商业街上，我们看到了戴安娜男朋友父亲开的大商店。他是中东的富豪。在这条街上，商店不在乎赚钱，要的是名气、地位、气质、品牌、形象。戴安娜男朋友父亲的商店像一只航空母舰气势磅礴地行驶在伦敦商业界。他只有一个希冀，获到英国绿卡。但他漏税得罪了英国，戴安娜的光环也黯然失色，至今空幻一场。

人都认为自己真诚，不真诚也认为真诚。真诚是人格，没有人格，不是失去了做人的资质了吗？

伦敦四多：教堂多、咖啡屋多、博物馆多、雕塑多。英国的小镇各有特色。从飞机鸟瞰，在漫无边际的葱葱麦地和草场之间，小镇像棋盘一样，整齐划一。我们去了温莎镇、约克镇、格林威治镇，又叫村。起初只以为伦敦有皇家卫队，到了温莎小镇，看见这里也有英武帅气的皇家卫队。上午，他们排着整齐的队列，穿街而过，个个头戴浅黑锃亮的貂皮帽，身穿红色礼服，前边是高大威武的骑兵，中间是鼓乐风采的仪仗队，后面是披坚执锐的卫队。英国女王一周内必有几天要到温莎行宫。固若金汤、金碧炫目的女王小憩的温莎城堡，一派青色、大千气象的皇家迎宾大道，都是昨天的风云，今天，已经成为一种摆设，一种假象，一种缥幻的海市蜃楼。英国还是大度的，没有把天上的阳光和空气给王室完全遮挡、隔绝住，允许了他的存在和延续。女王用自己的家产养活着王宫、皇家骑兵营、卫队。女王的行宫失火了，玉碎金残，她励精图治，敞开行宫大门，出卖门票，换来英磅，重修行宫。

走下了权力的宝座，女王知道了百姓的善良和可爱；卸下了身上华丽的桂冠，女王知道了天和地原来挨得这么近；看着火焰吞噬了行宫，女王知道了百姓的心酸和泪滴的咸涩，知道了乞丐流落街头的祈祷……

女王是国家的气度。

国家的气度，是高山，是泰晤士河，是英国文化。

女王的皇家骑兵营、卫队，每天上午和中午，都是军号激越、战鼓如潮，马蹄生烟，如虹的队列走过伦敦白厅街、温莎小镇，为国家添一道风采，出一份力量，让世界看到历史上的英国气派！

宁静是温莎小镇的色彩。宁静是悠远，悠远又是历史，历史上的英国第一个邮筒还站在温莎小镇的街边上。宁静让小镇上几乎没有汽车，即使有骑自行车的，也像蜻蜓一样轻悄……

格林威治天文台村，是一个小镇。

皇家天文台在一座缓缓、翠绿如瀑的山坡上，从上面能眺望到伦敦金融街，现代化的大厦云蒸霞蔚，喷发出英国经济激动人心的霞光。

天文台是一座大阁楼，其中的一个小门上方，长方形的电子钟上的一串红色数字，不停地变化，闪示着世界上最标准的时间。钟下的一根细细长长的不锈钢，直直地穿过小广场，把一座山坡切成两瓣，一瓣属于地球的东半球，一瓣属于西半球。一双腿在不锈钢线上叉开，两脚就分别踩在了东半球和西半球上。激动、自豪、荣誉流淌在小广场上每一个国家的人的脸上，不分国籍、不分肤色、不分大洲、不分男女，相互亲切地打招呼，帮着照相留影。都是地球人，在一个时间，在一个太阳下，一块走到神圣、玄妙的格林威治，是缘份，是天籁驱使。站在不锈钢线上，把双臂像大鸟展翅一样伸展开来，仰起脸，望着深深的蓝蓝的天，望着悠悠的天使一般洁白的云朵，把心和意念与天空的蓝色和白云贴在一起，你依稀听到白云上如泉的歌声。时间在眼前停下来了，在心里停下来了，耳边静得听不到人语声、小鸟声、流水声，也没有金融街花花绿绿、飘飘荡荡的喧嚣声……

下山时，兆言发觉外衣不在了，沿着刚刚走过的地方寻找一遍，空手而归。我们刚刚天使般快乐的心情被抹上淡淡的忧绪，谁也不愿团队中的一个人心境不快活。

兆言坦然，说：丢了无所谓。

兆言的外衣在车上找到了，他一下子话语又多了起来。

到约克小镇上，天阴，飘洒着牛毛细雨，教堂、古老的商业街、城堡、槐树、打伞匆匆走路的人，都笼罩在森森的阴霾里。

约克的历史就是英国的历史。这是英王乔治六世说的。

约克教堂是英国最大的歌特式教堂，她山脉一样迤逦、巍峨、气派，使小镇不得不让出大半个天空让她舒服地呼吸空气，晒着阳光，抚摸着瞻仰、跪拜她的虔诚的人们。

小镇上浓厚的柳阴里，有一座八国联军纪念碑，台座四周是英国军人荷枪实弹的浮雕，在雨水中污渍点点，败花萋萋，苔痕累累。这是约克的历史？这是约克的荣耀？

约克大教堂播撒着善良、爱心、公正、和平，她是看着自己本来的孩子们是怎样变成海盗、强盗、野兽的。

约克出海盗。约克大教堂心知肚明，然而，在海盗面前又能说什么呢，海盗永远有海盗没有人性的逻辑，像太阳看着一只丑陋的秃鹫，只能在心里诅咒，口上却默默不吱声。

我们去剑桥大学。我是先知道徐志摩的《再别康桥》，后才知道剑桥大学有一条康河，一座康桥。

时间颠倒着剑桥大学，康河没有了，但有了剑河，康桥不在了，却有了剑桥。其实，康河就是剑河，剑桥就是康桥。没错的。

剑河不宽的，水清得发绿；剑桥不长的，也不宽，用橡木做的。下游稍微展开的河面上停摆着一只只木船，上游河面上挤满游弋的木船。我细细地抚摸着、品味着徐志摩欣赏的花儿一样娇好清香的康桥，想找到她的灵性，悟出徐志摩怎么就写出了不朽诗篇。寻找需要时间，悟性也需要慢慢咀嚼，可我只有匆匆的间隙，不能从容地在星光下听水声，听教堂的晚钟声，看桥影，看波光。

在剑桥上，我来回走了几趟，不能不走，桥上有徐志摩的脚印和温热，更有诗人的真诚和执着，还有他的爱情和诗歌。来剑桥，是冲着康桥和康河的，康桥只要在等于徐志摩还在，康河只要还流淌着，诗人美丽的爱情也一定在。我虽然写不出徐志摩雪花一样轻盈美丽的诗歌，吟诵不出诗人对月光一样依恋的朦胧的情愫，但在康河的康桥上经历了一次，享受了一次，世上又有多少人能够做到这样呢？

诗人是为爱情而诞生的。

在剑桥，诗人也许是为能做成一枚无名鹅卵石而生的。

剑桥大学三十多个学院，没有栅栏，像一个松散的小镇，有人家、有商店、有饭店、有咖啡屋，应有尽有。

剑桥大学的历史激动人心。

三清学院名人叠出。大门前，脚下的一条鹅卵石铺的路，成为学院门卫的一位老者每天祈祷的地方。老院长死了，院方在他临终前提出把他的墓志铭做在学院内的醒目地方，他没同意，只是要求把学院门前的鹅卵石给一小块。他把自己的姓名刻在学院门前最小的一块鹅卵石上。我们景行行止。

三清学院大门边上，有一块方方正正的绿地，里面的一棵苹果树枝繁叶茂，苍翠欲滴。他们说，牛顿发现万有引力是在这棵树下。我怀疑，牛顿距今几百年了，苹果树怎么不见长，还这么小？忽又想起，在书上见过这一模一样的苹果树，牛顿坐在下面，看见苹果掉落，创造了一个新思维。

牛顿是剑桥大学的。

大学没有栅栏，学生思想少了缰绳，成了骏马，创造的灵光冲出地球，在宇宙之间电闪雷鸣。

车窗外的景物正让我们感怀时，车上的座椅发生故障了，坐在上面不舒适。司机修了几次，白费功夫。这时，文弱书生叶兆言成了关键先生，要试一试。除赵本夫外，我们都不相信，只会写小说的叶兆言会修座椅。赵本夫肯定地说："他能修好，做过钳工的。"我惊奇问："真的，做过钳工？"兆言用浓厚的南京话说："做过四年。我吃过苦的。"他只朝司机要了一根粗铁丝，一把螺丝刀，手伸在座椅下，捣弄一阵儿，座椅真的恢复了常态。我们惊异了，叶作家还有这一手绝技呀！

在英国走了一些路，才弄明白一些事，英伦三岛不是一个英国，爱尔兰是一个国家，英格兰和苏格兰是一个国家。英格兰和苏格兰从城市到小镇，大街小巷，家家户户，屋檐下都缀着一排排新鲜绚烂的花篮，看出这两个民族在文化和生活上的亲密融合。

在来时的飞机上朝下看，尤其是外蒙古大草原，北风烈，高山与草原简直成了荒漠与废墟。相比之下，英格兰与苏格兰广博的麦地和草场绿色丛深，滚滚滔滔，连绵起伏，一望无垠。上苍不公平，切割土地时，怎么能分荒瘦和肥胖呢？

海洋给了英国一个温润的阔叶带的气候，地球和北大西洋给了这个岛国得天独厚的条件，多雨雾，冬无严寒，河上少见结冰，夏天酷暑，空调用上很少，乡村的土地不用修渠，想水的时候，雨肯定下来，全国人口六千万，人不算多，地多，一年只种一次麦子，其他时间养着。

在一座山头上，一块大石头两面分别刻着英格兰和苏格兰，是界碑了。

　　进了苏格兰天有点冷。沿途上有穿花裙子的苏格兰男人，边走边在风中吹风笛。

　　大海一样波涛汹涌的草场，让我想起苏格兰人专利的高尔夫。掷石赶羊的泥块，原叫夫尔高，后叫高尔夫，成了竞技体育，成了苏格兰人一种高贵的身份，也成了地球上界定人的贵贱、品位、教养的定物。百姓的创造，在贵族手里就变成了利用。中国伟人毛泽东概括得精妙：人民，只有人民，才是创造世界历史的动力。

　　爱丁堡是苏格兰的首府，面临大海，古城依山而筑，教堂、城堡、古建筑拥拥挤挤。你要是散落在深悠古旧晦暗的街巷、城堡、古建筑里，瞬间似乎就变成了一个中世纪的苏格兰人，你不想变也得变，不愿变也得跟着变，由不得你挣脱爱丁堡装满历史而太重太重的天空，十三世纪光滑的鹅卵石路黏住了你的脚，跑不脱；古城堡坚实的城墙压迫得你没有思想；被时间熏得陈旧残缺的雕塑神魄还在，发光的眼神勾住了你的惊惶的心；有轨电车踩着百年的铁轨摇摇晃晃、哇哇叫着，追着你；当代小丑扮着绅士、教父，站在一个角落里，木偶般一动不动，突然间伸出手，拍你一下肩膀，龇牙咧嘴地给你划一个十字……

　　山一样的历史，压得我心速变了，直不起腰来，喘不过气来。爱丁堡正在举行国际文化节，现代的交响乐、舞美灯光，还有西班牙的踢踏舞、肚脐舞，在厚重的历史云霭里是那么苍白、虚弱、微小、缥缈。

　　我不敢想，也不愿想黑夜中的爱丁堡的气息。

　　爱丁堡成为我眼眸里的一只蝙蝠。

　　赵本夫领教了爱丁堡黑色的惊骇。天亮前的黑暗里，他在宾馆前的路上边散步、边抽烟，暗淡的灯光下，忽然冒出几个蝙蝠一样的人。其中一个迎着赵本夫过来。赵本夫疑是醉汉，惹不起，走回宾馆门口。一个青年用蝙蝠的身影堵住赵本夫，用夜的眼睛盯着赵本夫，并伸出一只手晃了晃。赵本夫放心了，这夜的幽灵是讨烟的。他给了他两棵。

海那边是爱尔兰，借着现代空中交通工具，四十几分钟，就站到了首都都柏林的土地上。

爱尔兰精巧、灵小，五百多万人。都柏林小城市，一百万人，一年四季日照时间仓促，楼房都是建得五六层高，充分享受阳光。街道不宽敞，城市简单得像素描的线条一样清晰明朗。这里雨水比伦敦多，我们来了三天，天天是一阵晴一阵阴一阵雨，雨来得快，走得也快，有一天下了六场雨。我们晴天出门也带上伞。

我们来这个岛国，是看文学的，这里小说的生命像周围的天然植物一样见阳光就长，就蔓延，见雨水就抽芽、结蕾、开花。

叶芝是这里的人，写诗，拿了诺贝尔文学奖。

肖伯纳是这里的人，也拿了诺贝尔文学奖。

乔伊斯是这里的人，又拿了一个诺贝尔。这个天生营养不足的瘦小老头，头脑里怎么稀奇古怪的，他小时的都柏林没有告诉他的事，他全写了，变成了文学的天书，瑞典皇家文学院不知真看懂假看懂，还是半糊涂出于什么念头，给了他一个奖。

他的祖国一直不喜欢他，站在当权者的对立面谁喜欢？现在的当权者用双手托举起他的金身，国家有了他的纪念馆，都柏林广场、街上、公园里都是他拄着文明杖的形象。

乔伊斯是世界的。他是个天才。当权者都是天才，拿着乔伊斯这个人和《尤里西斯》在世界上招徕人。

赵本夫对这个国家有自己的印象，他说华侨够意思。初来乍到，赵本夫在中国人开的酒店里想抽烟，老板说："能抽，尽管抽。"中国人绝对有办法，放下卷帘门，关上玻璃门，打烊了，警察在外面什么也不知道。

偏僻一隅的岛国也在思考中国的问题。中国确实崛起了。

陪同我们的李女士是华侨，哈尔滨人，到爱尔兰十年了，嫁给了一个爱尔兰人。她先生温文尔雅，明亮的眼睛告诉我们，他是一个深沉而善于思索的人。

他俩请我们在酒店里吃饭。我们是中餐，她先生是西餐。李女士赞扬说，先生是从事计算机工作，但现在正在写一本哲学的书，探讨人的问题。李女士充当丈夫的翻译，他说：他在思考中国社会主义问题，在金融危机的漩涡里，资本主义国家岌岌可危，而中国稳健高速发展，说明什么，社会主义有比资本主义好的优越性。

中国人在都柏林，像在中国一样，享受别人给的亲热。爱尔兰只要人多的地方，就有中国人开的饭店。

爱尔兰在湖光山色、绿阴环抱的一个山庄，为我们准备了下榻的地方。

叶兆言欣欣然了，走进宽敞的房间，发现没有电热壶，他背来的电热壶一下派上用场了，总算没有白辛苦一场。

刚刚对爱尔兰有点了解，也就跨过了我们将要结束访问的门槛。

一场小雨后，空气清新，是最后一个傍晚，我们五人在门前草坪上的一张小圆桌前坐下，静静的。

夜的黑色在山的林梢上编织着，只要轻轻一抖落，掉下来，天就黑了。静寂凝结了时间，能看到湖水，一群奶牛在草地上吃草，远方的山脉一抹黛色。静寂在林梢上慢慢地编织夜的黑纱，编的多了，它先给不远的树林扔上一层黑纱，犹豫一下，又给我们眼前的湖水和我们也扔上一层黑纱。天黑了。

赵本夫拿出刚刚从附近小商店里买来的一盏中世纪的黑铁皮小灯罩，漂亮的爱尔兰小姐给点亮火烛，放在小圆桌上，摇曳的火苗微微照着我们的眼睛，照着我们的思想在爱尔兰的文学天空里和寂静的夜色里流淌……

陆文夫与苏州

陆文夫属于中国，更属于苏州。苏州这座文化历史名城能够在中国煌煌赫赫，功在文化历史的长廊里排列着的一位位声名遐迩、鹤立鸡群的大擘。

苏州文化的长河源远流长，清澄见底，无论歌舞升平的太平盛世，还是烽烟四起的破碎岁月，这种文化从未被割断过、滞止过，一直以它独特的品格汩汩有声地走进中国文化历史深处。陆文夫承接着当代苏州文化延续的生命。他从泰州走进苏州城，几乎就再也没有离开过苏州，他的生命仿佛就是为了苏州文化的存在和延续而诞生。六朝古都的南京他不去，北京的中国作家协会他不去，他就在苏州生生息息，担任着江苏省作家协会主席和中国作协副主席。他对苏州的寸步不离，与身沉浮，力透纸背，历尽了筋疲，从一头青发到六十九的陆老身形瘦削，从未"幸运"发福过。

苏州文化是从一条条深深的小巷里流淌出来，苏州的文学醇香是从小巷里飘逸出来，溢满苏州城，陶醉了中国人。陆文夫住在小巷里，那巷叫凤凰巷，我去过。每当面对陆老，我就端详他老花镜后的一双深邃的眼睛，就走了进去。那是一条窄窄的小巷，听得到《小巷深处》夜半响起的急促敲门声，从而一个新的生命就诞生了；

能看得到万籁俱寂的深夜，小巷里悠悠晃过的一星灯火，节奏感很强的木鱼声在小巷里久久弥漫，《小贩世家》热气扑面的馄饨汤温情可人……陆老的眼睛披坚执锐，拔树寻根，一篇篇小说让人过目难忘、击节称道。他一鼓作气连拔中国作协小说四次大奖，《美食家》倾倒千人，不胫而走，《围墙》风靡全国、有口皆碑。

陆文夫给苏州披上了动人心魄的绢纱，苏州在中国文化人的血液里心旷神怡是有一个陆文夫。

陆文夫离不开苏州，走过的小巷是一道意味深长的风景。六十五岁之后，他让人惊讶地开设了一个茶馆，对于苏州是一道亮丽的风景线，对于中国作家是一件新鲜的话题，颇耐咀嚼的一次文学叩问。陆文夫为什么开茶馆？匠心独运的陆文夫是要写茶馆的小说？或是高情远致的陆文夫在文学的漫漫之途上疲倦得想暂得一方小憩？

生活的汹涌激流撞击着陆文夫心扉，怎能袖手旁观，名家也能开茶馆！

陆文夫心里拥有一个百媚千娇的苏州，才能赢得千千万万个读者，才以独立的作家品格独步中国文坛。陆文夫的茶馆成为一种导向，作家都该有自己圣洁的生活家园，将自己的生命毫无遗憾地交给她……

抹不去的汪曾祺

这几日，无心做什么事，心里老是想着汪曾祺先生去世的事。给南京《汪曾祺传》作者、评论家陆建华老师家里打了一个电话，想听到一些有关汪老去世前后的情况。家人说，陆老师不在，明天去北京，送别汪老。

从江苏电视台专题报道上倒是知道一些有关汪老去世前后的情况，他是在四川刚刚参加一个笔会回京，就猝然去世的。

说真的，我和汪老并没有什么过深的交往，最多可以说，有过几次幸运的谋面机会。一次是八十年代初，他来连云港专程看花果山，另一次是我在北京鲁迅文学院进修，他给我们授课，发生在他身上的一个细节，给我终身留下不会忘却的记忆，像一尊不倒的雕塑，永远站在我的灵魂中，对我这个有志于文学追求的年轻人起着潜移默化的导航作用。

人有时真是太虚弱了，像一河匆匆忙忙而去的水，又如一颗昙花一现的彗星，今天存在着，说呀乐呀，什么好事都想，似乎主宰着世界上的一切，明天就突然不在了，什么也不想了，什么也不是了，只是大地上一抔土。一个人，一个作家汪老就这么走了。怎么能够相信他真的走了呢？这一个文学大师沈从文的学生，根据《芦荡火种》改编的京剧《沙家浜》作者之一，六十五岁写出《大淖纪事》、《受戒》这样的好作品，在全国文学评奖中夺魁。有人说他"大器晚成，炉火纯青"，我说，他是大器早成，晚时纯青。

汪老来连云港只一次。那年，他大约六十几岁，不多的头发几乎全白了，穿着一件朴朴实实的黑风衣，走进初冬的连云港。他讲话不多，不过凡讲话，像他写的京剧唱词一样凝炼、有韵味，而且幽默风趣。他玩了花果山，看到了冬桃，说花果山名不虚传，真是"八节鲜果不绝"。他喝了连云港的"花果山山楂酒"，兴致很高，说很好喝，他说，"花果山山楂酒"的名字还不吸引人，应该改成"美猴王酒"或"琼浆玉液"等。

"花果山山楂酒"给汪老留下了好印象，几年后，我在北京鲁迅文学院学习，汪老来了，课间时，我对汪老说，你去过我们连云港，还上了花果山。

汪老点点头，和蔼地笑了笑说，连云港有花果山，特产山楂酒。

我说，你在连云港不是为山楂酒重新起了几个名字嘛，有"美猴王酒"和"琼浆玉液"。

汪老说，你们山楂酒搞好了，我也沾光，要知道，我是江苏人，我们是老乡。

汪老在中国作家的方阵里，短篇小说占有独特的地位，浓浓的高邮地区生活气息，与众不同的审美视角，隽永的内容和空灵纯净的艺术感觉，美美地醉倒了一批又一批读者。就是这样一个让大家喜欢的作家，这一天中午，我正排队买饭时，无意中瞥见他独自坐在我们学生大餐厅里的一个角落里，默默地吃着四菜一汤。我心里不好受起来，一个受人尊敬的作家，学院请来授课的老师，怎么和我们这些学生在一起吃大锅饭？我愣愣地站着，忘了排队买饭。我想了很多，想了鲁迅的一句话，吃的是草，挤出的是奶……

汪老吃完饭，静静地把几个碗摞起来，一双筷子放在碗上，踽踽地走出门……

后来，我问了老师，汪老怎么一个人在大厅里吃饭。老师说，请他去后边雅座，他不去。他是个好老头子，从不喜欢麻烦人。

时间匆匆离去，该忘的事全忘了。汪老一个人在大厅里吃饭和独自踽踽地走出大门的背影让我一直不忘，变得越来越深刻和清晰起来。汪老在我记忆里无论如何是抹不去了……

不死的是爱

码头工人刘国华走了。生在海边热爱大海钟情海鲜的"锁鲜斋"斋主刘国华走了。小说《六封信》的主人刘国华走了。

一个身躯钢铁般结实的人竟然就这样轻而易举地走了。人真的脆弱。

死亡似乎永远与刘国华无缘。他是一个不怕死的人，是一个蔑视死亡的人。他把生与死看得如云卷云舒，自自然然，轻轻松松。没有生即没有死，没有死即没有生，吐故纳新，新陈代谢，人生规律。

人生的过程是要接受死亡胁迫和挑战的。死亡这只黑色的大鸟在二〇〇三年八月一个平和的日子里盘旋在刘国华身边，扑打着翅膀，旋起冷冷的气息。有人说，死亡走来时是能够看见的；也有人说，死亡的降临来无影去无踪。刘国华对曾来临过的死亡毫无察觉。当时，我去连云港中医院看刘国华，他谈笑风生，说话声音的力度，脸上透出的神采，眼里闪出的快乐和幸福，与病房窗户外庭院里簇拥着的五颜六色的花草树木一样奕奕生动。他的孙子一直陪伴在他身边。我看到了祖孙之间这条河流荡起的斑斓的感情涟漪，感受到了当爷爷的刘国华对人生的满足。然而，谁想到，死亡大鸟就潜伏在笑声背后，仅仅相隔二十几天，当我和文友魏琪从南京开会回来，刘国华在连云港市第一人民医院抢救室里正在抢救。死亡大鸟张开双翅的阴影笼罩着夜色弥漫的抢救室，我们站在他的病床前，守候在他身边，轻轻而焦灼地唤道：刘老师，刘老师……

刘国华终于睁开眼睛，直直地盯视着我们。我心疼痛，情感的潮水呼啸着撞击五脏六腑：我的老师刘国华身强力壮，怎么就这样孱弱无力乖乖睡在这里；我的老师刘国华对学生有着舐犊之情，为了让我在文学这条又深又急、又冷又热的河流里跋涉，他背过我，搀扶过我。我能跨进文学的门槛，是他在我面前铺上道路，洒满阳光，推开大门。

不该忘却的肯定是沉淀在心底里的。感情怎么能够忘却呢，在寒冷艰辛的日子里，看到一点阳光，就有春的抚慰和生活的亮色；给一点火烛，就有雪里送炭救人一命的恩德。在艰辛的日子里，刘国华用火烛照亮我灰暗冷寂的心底。

高中毕业后，我插队在中云乡云门寺村，这是一个偏僻的小山村。远离父母，一种孤独让我茫然，什么是未来和前途，什么是抱负和理想，缥缥缈缈，一无所知。该怎么感谢文学呢？上个世纪七十年代末，文学的神圣让人高山仰止。我属于仰望者、追求者，属于一个野心勃勃的文学青年。农村艰辛的劳动，窘迫的生活，恶劣的环境，都没有能够阻挡住我像江河一样奔流的文学激情。文学简直是我的人生，是我的理想，是我的精神，文学是我这个人存在的最大理由，为文学我可以舍去性命。不过，文学的道路太难走了，拥挤在这条小道上的文学淘金者千千万万，每天每时每分都有淘金者从小道上被挤下来，最后能抵达终端的是凤毛麟角。我在山村里发疯般地写小说，书稿一摞一摞的，可没有一个文字能在报刊上出来。我苦闷，如生活在云雾里，在云雾里看文学这朵娇艳的花。

这时候，幸运的祥云降临于我，刘国华来到了我身边。当时，他是市文教局副局长，中云乡相邻的宿城乡市学大寨工作队队长。

他听说我正在创作一部中篇小说就专程赶来看望。那是一个上午，刘国华骑着一辆半新不旧的自行车，风尘仆仆来到我的住处。要知道，刘国华是全市文学工作的开拓者，在他从省文联创作组调来连云港之前，这里的文学一片沉寂荒芜。他开垦了连云港的文学土地，一批批作者在他创办的《群众文艺》上发表作品，从连云港走向全省。一个个作者的名字在我心里光芒万丈，如同黄钟大吕，震耳欲聋。想一想，现在刘国华骑着自行车走了二十里的路来看我，我怎能不格外激动呢！

他走近我身边，坐在床沿上，喝着我倒的一杯白开水，翻看着我写的一摞文稿，不时地微笑，说上几句话，哪里看出是一个局长，一个市里学大寨工作队队长，一个名声绕耳的文学前辈，他更像一个朋友、一个老农、一个父亲。

在文学创作成长的道路上，刘国华对我是有着决定性影响的。在农村插队的几年间，我文学创作能够那么勤奋，发表作品数量之多，质量提高之快，凝聚着刘国华的心血。

凡是作者都不会忘记自己的处女作发表时那个激动心情，那是石破天惊，那是一次新的生命诞生。我的处女作发表是刘国华力荐的。那篇东西叫《还是当年的英雄》，写的是农村内容，现在看来有些幼稚可笑，当时脱稿后，可谓喜形于色，把自己这一辈子一夜成名当作家的梦想全寄托在它身上。稿件交给刘国华后，我是朝朝暮暮惦记着它的命运，不知会是一个什么样的结果。几个月后，也就是一九七六年三月的一个上午，我从连云港镇翻山越岭回云门寺，途中经过宿城，到刘国华住处，他见我第一眼就高兴地说，小张，你那小说出来了。

刹那间，我心狂跳不止，热血鼎沸。我不知道是怎么样从刘国华手里接过那一期试刊号《连云港文艺》，又是怎样离开他的寝室的。翻开杂志，看到"新人新作"栏目里我的小说题目还有姓名，我觉得那天整个天空是我有生以来见到的最蓝色、最清澈的，路边的河水也是有生以来见到的最清亮、最欢快的。我捧着刊物，一路反复看着，一直看到云门寺。

在刘国华的激励下，农村生活的三年我文学创作最为丰收，连续发表了十几篇小说，有一篇叫《忙月》的，得到了刘国华夸赞，推荐给全国有影响的刊物《雨花》，这家刊物小说组长苏丛林也给予很不错的评价。后因我忙于招工回城，没有及时修改这篇稿子，失去了发表机会。

一九七八年十一月的一次招工，我和三十个有一些专长的知青进了文化局，我被分配在局机关创作组，那年我二十二周岁。在刘国华身边工作，我才真正了解他。他看重作家对生活的体验，对生活的尊重。他在文学创作上有一句话，形象概括了他对文学创作理解的精深和准确，这句话是，宁吃鲜桃一口，不吃烂杏一筐。他常常挥着大手喊，写小说要重视地方特色，越是地方的就越是全国的，连云港作家作品里要有连云港的海鲜味。

进入创作组不久，刘国华就要求我到港务局码头第一线体验生活。他说，年轻人浮在生活上面，怎么能够写出好作品。

在码头上，我生活了一年，后来，又到朝阳乡挂职生活一年半，写出了短篇小说《十里香》，被苏州作家陆文夫看中，推荐给《江苏青年》，发表于一九八二年第十二期，这家刊物在转年的三月号上用《香飘岂此十里》做标题，发表了评论文章。那些天，我看到了刘国华从心里为我的收获高兴。

刘国华对我的呵护，那点点滴滴在今天汇聚成了一条清澈而雄浑的河流，在我心底淙淙有声地流淌。人可以死去，不死的是爱。刘国华爱我，我爱刘国华。

生命因凄然而美丽

妈妈确实走了，走了整整十年。

我的感觉中，妈妈一直没有走。她怎么会走呢？儿子的肉体是她给的，她的血液与儿子交融在一起，我们常常在夜深人静的时辰灵魂与灵魂交谈，那是天籁之音，是人与人相互间只可意会不可言传的感应。她自从分娩出儿子，她的生命就以最高、最辉煌的形式确立在这个世界上。

妈妈走了。秋风起时，我会想起妈妈。她身上的棉衣御寒吗？床上的褥子铺上了吗？她一身是病，到这个世界上来，仿佛就是为了遭遇病魔，在苦痛中煎熬。下雪了，我会想起妈妈。她去街上买菜的路落满白雪容易滑跤呀，她手里拄拐杖了吗？春天，我会想起妈妈。是在一个春天，我意外惊愕地发现，妈妈头发几乎全白了。头发白了，妈妈老了。我二十岁时，妈妈头上生出第一根白发，我是在午后温煦的阳光下发现的，它像一根银丝，灿闪闪的。我毫不犹豫地要给她拔去，妈妈不以为然，淡淡地说了一句，年纪大了，都要有白发。我还是拔掉了那根白发。

妈妈走了，一块不大的石碑是她的家园，牵着我万千情感。暴雨如注的夜晚，我心乱如麻，辗转反侧，不能成寐，忧虑着妈妈在那儿的安宁。一个祭日，一个节日，错过祭奠妈妈，我再站在妈妈的石碑前，低垂的头颅沉重得久久抬不起来，负疚的云翳迷朦了眼睛，泅透了心，真不知哪一天才会有阳光晒干。儿子无法面对妈妈，无法忘却妈妈为了她的几个儿子，用病弱可怜的身体吃力地支撑起他们头上的一方天，点亮他们生命的烛火。今天，她已成人的儿子简直无法理解，当时病弱得岌岌可危的妈妈怎么能走出家门去帮活，挑起百十斤重的砖头，不可思议一步一步颤颤巍巍地登上四层楼房。她是为了一天二块五毛钱，为了家里嗷嗷待哺的儿子。悔恨的潮水重重地撞击着儿子感情的堤坝，当时为什么不能帮妈妈搬几块砖头，让她减轻一点负荷？为什么不能端上一碗冷开水，湿湿妈妈干裂的嘴唇？为什么不能递上一条毛巾，让她揩去脸上淋漓的汗水，让她知晓儿子晓得她的甘苦？为什么晚上不能端上一盆洗脚水，让她揩去脸上淋漓的汗水，让她已累得虚肿的双腿多歇息一会儿？她的儿子还不谙人事啊！妈妈为了我们生病的父亲，把买来的一包饼干高高地挂在房梁上，我们偷吃了，妈妈察觉后，骂了我们，打了我们。不懂事的我们，赌着气一夜未归。那天，妈妈伤心地哭了……

  妈妈走了，从土地里来，又回到了土地里去。生命的轮回，凄然而美丽。世上的妈妈在儿子感情的天空里，像云絮，生的时候，掠去儿子的忧郁、痛苦、泪水；走后的日子，仍然像云絮，留给儿子的永远是阳光、蔚蓝……

中国海岸线上一道风景不见了

　　林怀突然地走了。林怀是倒在异乡土地上,倒在南通市海安县一个叫城东的小镇上,倒在一辆货车的车轮下,倒在又一次骑车考察万里海疆的旅途上。人真的就这么脆弱,像玻璃瓶,一击就碎?我无法想像那山呼海啸、揪心碎肺的一瞬间。我不忍心去想象。我抹不去一个五十岁汉子的壮烈。他在我心里依然是清晰的。一九八八年四月二十一日那个早晨,他推着自行车走出家门,车上载着四只旅行包,揭开了考察万里海疆的序幕;依然是清晰的,一九九〇年四月九日那个日子,他终于抵达南方海岸线的终点——广西东兴镇,他激动的泪水挂满脸上,跪下双膝,面向北仑河,深深地磕了三个头;依然是一九九〇年四月二十四日阳光明丽、鲜花飘香的那天下午,他风尘仆仆地归来了,风吹日晒,他脸黑了,瘦了,黑乎乎的胡子几乎遮住了整个脸庞。

　　人是脆弱的吗?有的人脆弱,可林怀不脆弱。林怀是坚硬海水泡大的人。在一次又一次与我烟雾缭绕的神聊中,我感受到了他对大海的敬重,对大海的渴望,对大海的憧憬,在大海上飞翔的自由舒畅。他是在海边长大的,春夏秋冬都到海里搏击,寻找快乐,寻找信念和自信。用林怀的话说,他是在为徒步考察万里海疆做准备的。

在大海上的林怀是一只大鸟，那飞翔的姿态近乎完美。他曾轻描淡写地向我说过一个与大海对话的事。那是一次他下海抢救溺水人的事。当时，正是暮色苍茫，海滩上没有人了。林怀完成了每天一次的游泳，正准备回家，猛然听见有人呼喊救命。这时，他才发现有一个人在远远的海水里挣扎。林怀什么也没有多想，纵身跳进海里，用他过硬的水性，用他坚实的体魄，用他的善良、正义、热情，用他的睿智，与大海较量，与大海进行一次对话，从死亡线上救了一个人的性命。这，你能说林怀是脆弱的吗？

人的意志、精神、信念、理想能超越自然、宇宙和脆弱的血肉之躯。是一种意志，一种精神，让林怀发现了大海色彩斑斓的风景，他走了进去，实现了梦寐以求的一次蔚为壮观、激动人心的万里海疆徒步行，成为了中国第一人，成为了中国当代的"徐霞客"，登上了中央电视台《万里海疆》大型专题片……这只有发现了大海万千气象的林怀才会拥有的风光。一个人一生能有一次这样的风光还不行吗？行了，该行了！

可林怀不行。他似乎生来就是为了旅行，为了沿着大海行走，为了栉风沐雨，为了在旅行中看天上的星光，为了在旷野上睡觉和蚊虫的叮咬，为了饥渴，为了思念妻子和女儿。这一次，他又出发了。我曾在我的办公室里劝他，还有其他好友老师都劝他，让他别再去了。他信念却如同磐石。我拉着他的手，递给他一支烟，又在他衣袋里放上一盒烟，送他出门，送他远征，给他又一次壮行。他精神地抽上一口烟，吐出一缕青烟，在弥漫的烟雾里，自信、执著地走了。谁知呀，这一次，他在走的路上猝然倒下了。我哭了，心哭了。我哭中国海边上的一个独到的风景不见了。

凝重与致敬

凝重，是从"5·12"汶川大地震这个特殊的日子开始的，随着我与省作家协会赴四川灾区采风团的一路采访愈加凝重起来。

凝重，从南京禄口机场开始加重起来。候机大厅里一反往日的热闹，乘客稀少，显得空旷、安静，也许是汶川大地震使想旅行的人不愿出门了。乘客们很少说笑，一脸宁静，静里有些肃穆，人与人都像有一种契约，用宁静哀悼汶川大地震的死难同胞，向苦难的灾民致敬。

四号登机口是往成都的。万万没有想到，我们在这里感受到了汶川大地震。登机口只有三四十人，大都是江苏、安徽去四川救灾的人。只有一个四川人，是女的，三十几岁，眼睛水灵明亮。当她听说我们是江苏作家，去灾区采访写报告文学的，立即从座位上站起来，给我们深深地鞠了一个躬，感激地说："我们四川人感谢江苏人，你们帮我们大忙了。灾区最忙最实干的是江苏人，四川人信任、喜欢江苏人，最艰难的事情都让你们干了。"这让我一下子感受到了大地震这只黑色的蝙蝠扇动着的冰凉、冷漠、死亡的翅膀，拍碎了汶川高山峻岭，拍断了汶川激流奔腾的岷江，拍垮了千千万万间房屋，拍裂了刚挺的公路，感受到了坍塌的瓦砾中男女老少在生与死中眼睛里露出的惶恐、绝望和颤栗的呼声……

飞机延迟了起飞时间，因为汶川大地震，四川航线异常繁忙，实行航空管制。

南京到成都近一千七百公里航程，要飞越安徽、江西、湖北、重庆，可谓山重水复，路途迢迢。但在大地震面前能算什么，弹指一挥间，咫尺之地，"5·12"那天，汶川到南京的震波仅仅是两分钟，就扩散到了，让六朝古都激凌了一下，高楼大厦上的人纷纷跑到马路上，满脸惊惶。

到成都了。带着凝重，我四处张望打探，寻找想象中的这座西南大都市在大地震中的斑斑伤痕和废墟。机场大厅完好如初，街上秩序井然，不是路旁和高楼大厦上悬挂的林林总总的"众志成城，抗震救灾"的红色标语，还有穿梭往来的各省救灾载重卡车，我不会相信这儿刚刚历经过8.0级大地震的洗礼。

来接我们的是驻德阳的江苏省赴四川灾区前线指挥部的女同志小徐。德阳是我们江苏对口支援的重灾区。我想，德阳肯定被大地震损毁不轻，否则中央不会让经济实力强大的江苏省对口支援它的。

我来德阳之前，查阅了大量有关它的背景资料。德阳是四川第二工业城市，中国重大技术装备制造业基地，拥有赫赫有名的中国第二重型机械集团、东方电机、东方汽轮机制造大型企业，还有剑南春、蓝剑集团。德阳位于四川成都平原东北，辖旌阳区、广汉市、什邡市、绵竹市、中江县、罗江县，人口三百八十二万。二〇〇七年，全市生产总值六百四十八点四亿元，农民人均纯收入四千五百四十元，城镇居民人均可支配收入一万一千五百八十五元。

德阳历史丰厚，人文灿烂，仅是一个广汉三星堆的青铜人像在世界上就享有至高无上的声誉。

德阳距成都五十八公里，距双流国际机场四十分钟车程。

这次大地震，德阳遭受惨重损失，学校校舍垮塌，一千八百多名学生被埋，从废墟中救出人数累计九千六百九十六人。在国内广泛传颂的教师谭千秋，张开双臂趴在课桌上，死死地护着四个学生，就是德阳市汉旺镇东汽中学的。

路上都是一辆接一辆的各省救灾的车队。我们的车只能走走停停。

小徐告诉我们，指挥部只有一辆车，太忙了，是专门从德阳市委借了一辆车子，能借到不容易的。我几乎难以相信，德阳重灾区还会有这样保持完好的商务车子。

小徐三十几岁，前年刚从南京空军部队的一家医院转业，在南京江宁开发区妇联工作。她是作为南京团市委组织的志愿者来灾区的。之前，我对志愿者这个概念虽熟悉，但不很了解，只是知道他们是一群热心公共事业、爱做好事、有一定道德修养的人。南京团市委组织赴灾区的志愿者，报名人有两千。小徐和她在公安局的丈夫都报名了。小徐连闯数关，进入了候选的二百人中，又跨入了仅有的十八个名额的志愿者行列。她丈夫落选了，但坚决支持小徐当志愿者。小徐把几岁的孩子放在母亲身边。要出发时，丈夫说要送给她一只小老鼠预防地震，让她多注意小老鼠的行动神态，它灵敏，没事时，安安静静吃食、睡觉，若预感有地震，会烦躁不安，头脑拼命撞击笼子。小徐笑了，没有带上小老鼠，不过心里清楚，丈夫是爱她、关心她，是提醒她在余震不断的灾区学会保护自己。在五月二十四日发生余震后，丈夫在第一时间给小徐打电话，关心而嗔怪地说："没事吧？我让你带只小老鼠去你不带。"

该怎样理解志愿者呢？小徐，还有活跃在灾区前线的志愿者的情怀，岂是我们能用三言两语理解透的？她们甘冒风险、甘愿吃苦、甘愿睡在帐篷里，在五月的大热天里，每天汗流浃背，一连五天不能洗一次澡。她们是崭新的一代中国年轻人，在坚韧和顽强中体现人生价值。

说是从机场到德阳只需四十分钟，我们实实在在走了一个半小时。到了德阳，卸下行囊，我们迫不及待地走进德阳市体育馆，采访灾民。体育馆办公室成为德阳市抗震救灾指挥部和体育中心灾民救助站，不是简单随意敲定的，有一段刻骨铭心的故事。

"5·12"大地震后，汉旺东汽中学校舍塌了，学生被压在瓦砾中，老师和校长也被压在瓦砾中。校长和几位老师从瓦砾中挣扎出来，投入到寻找挖掘学生中去。最后，校长带着百十个学生、老师和几十个灾民，惊恐不安、踉踉跄跄地朝七十公里外的德阳市区跑，一直这样懵懵懂懂地跑，固执地相信，城市里不会有事，不会有地震，会安全的。他们朝体育馆跑，心想，只有偌大的体育馆才能容得下他们一群人。天黑了，近十二点，他和他的学生们跑到了体育馆办公室门前，校长自报家门，气喘吁吁地说："学校全毁了，学生老师全砸在楼里了。"李夏馆长见校长褴褛的衣服上血迹斑斑，立即意识到下午的地震是罕见的，他们是地震中的幸存者。在德阳还没有大面积启动救助灾民措施的时候，李馆长拉开了条件较好、比较安全的训练馆大门，把从汉旺跑出来的惊魂未定的学生、老师和灾民安置下来，给他们筹集睡的、盖的，烧水喝茶，煮饭做菜。

下午，五点钟的时候，在训练馆大门口，我们见到了汉旺东汽中学的校长，他穿着白色的衬衫，正和几位老师围坐在一起吃饭。我们要采访他，他不愿意说话。我看出，他脸上的木然，眼里的茫然，似乎远远没有走出那场噩梦。

训练馆地面是木地板，偌大的空间里铺有几百个床垫，灾民们有的哄孩子吃饭，有的睡觉，有的看电视，有的呆呆地坐着。学生们挺活跃的，当起了志愿者，坐在训练馆门口，热情主动地给大家分送食品、矿泉水、牙膏、香皂等生活和学习用品。正是吃饭时，训练馆门口最热闹，稀饭随便盛，馒头随便拿，一荤一素，一群一群的灾民们吃得津津有味。刚刚还在给大家分送生活用品的学生，饭后抱着篮球到体育场去了。李馆长忧心忡忡地对我们说："这群学生还天真呀，他们与父母兄妹失去联系了，是死是活还不知道，他们好像不知道愁似的。现在有同学在一起玩，聚在一起热闹时忘记了一切，将来怎么办……"

看着中学生们高大的背影，他们俨然像成人一样，只有面对他们时，才能从他们脸上和眼里看出稚气。我对李馆长说，他们什么都懂，只是不肯流露自己的感情，不愿别人怜悯和为他们去担心。我从他们眼里已看出，为还没有找到亲人而笼罩着的深深的忧郁与不安。

夕阳红了。我们准备回下榻的地方。在体育馆灾民救助站门前，我们遇见一群志愿者，正围着德阳市红十字会的人恳求分配任务。志愿者不是好当的，来灾区援助的人越来越多，没有组织的志愿者一般很难有发挥作用的地方。这几个志愿者，来自深圳，有男的女的，年龄在二十几岁和三十几岁之间，不修边幅，背着行囊，满脸劳顿，看出已在外面有些日子了。一打听，果不其然，大地震后的第二天就出来了，先在成都火车站帮运货，后在货运公司当装卸搬运工。他们要求很低，只要能为灾民做事，什么都行。红十字的一个女同志说，现在灾区特别需要到农村帮农民收麦子的人。志愿者几乎一条声说："我们去。"红十字的人说："我们条件有限，其他帮不了你们，什么全靠你们自己。"志愿者们情绪高昂地说："只要为灾区做事就行。"

披着夕阳残红的余晖，志愿者们朝远处去了。我用钦佩的目光向他们致敬：这可是一群城市里的骆驼，甘愿在寂寞中跋涉。他们今晚肯定是要在睡袋里度过了。

我们住的地方在龙湾北路，一个叫国锽的宾馆。这与我的愿望相差太远，来地震灾区，住帐篷才是正常的、合乎逻辑的。进了宾馆，我才真正理解指挥部的一片苦心。这是一幢危楼，它也没有逃脱大地震的颠簸，上上下下到处都是清晰可见的横七竖八的深深裂纹。我们三个人住一间房，打地铺，据说，这是照顾我们安静写文章，其他房间都是睡六个人。我们的房间顶墙上的一大块石灰在地震中剥落下来了，我床头前裂纹像地图上的线条一样粗粗细细、密密麻麻，看了心悸。指挥部租了这栋楼，是要让在前线辛劳几天的援助人员能轮流回来洗把澡，睡一夜安稳觉，吃一顿热汤热饭。我感觉到，我们江苏的领导，很人性化，体贴普通人。

夜色弥漫时，冲在红北镇、汉旺镇、九龙镇等前线的同志们坐着一辆辆救护车风尘仆仆回来了。看见国锽宾馆的灯光，他们激情澎湃。我顿时感觉到这座宾馆散发出家一般暖和的气息。

德阳的第一夜，是温馨的，也是凝重的、惊心的。我第一次真正亲历地震，准确说是余震，两小时内几次余震。我坐在地铺上正看采访资料，床就摇摆了一下，接着，又摇摆了一下。外面有人喊，"地震啦！地震啦！"走廊里是杂沓的脚步声，有人朝外跑，我也心慌意乱地朝外跑。院子里站满了人，都在议论这余震发生在哪里，震级多少。

德阳人用了不起的目光看待我们说："你们江苏人胆子大，不简单，敢在楼里睡觉。我们德阳人是不敢睡屋里的，都睡帐篷里。"

在外面呆上一阵，估计不再有余震了，院子里的人又回到楼上。余震故意作弄人似的，没待我们坐下来，又震起来。我们又是一阵紧张、急促的奔跑。

这一夜惊心动魄，而刚从前线回来的人没有一个下楼的，他们太累太累了，睡得很沉很沉。第二早，当他们听说昨晚连续余震，个个感到诧异，说一点不知道。

到德阳第一天，我的日记写下了：凝重与致敬。

向汉旺的钟楼肃然起敬

到四川德阳第二天上午,我们江苏省作协赴四川重震灾区采访的六个人,兵分六路,奔赴重震灾区。

我租了一辆的士,赶赴汉旺镇。"5·12"大地震中,处在断裂带上的汉旺小镇被恣意蹂躏、支解,山塌了,楼碎了,桥垮了,一大堆一大堆残缺又嶙峋的钢筋混凝土上,挂着五颜六色的衣物,冰箱、摩托车……

著名的东汽轮机厂在汉旺。

看出汉旺曾是一座繁华富庶的小镇,街道上排列的鲜花还正在盛开……

汉旺的群众大都转移安置走了,来往忙碌的人群都是来自全国各地的救灾者。

五月应该是蓝天白云,柳青花红,河水清澄,欢歌笑语,可在汉旺废墟上却是沉重和悲哀……

汉旺鲜花簇拥的钟楼在大地摇撼中依然矗立,时针永远定格在十四点二十八分上,让人不能忘记不堪回首的地动山摇的一瞬间。

人们向钟楼肃然起敬。

这时,钟楼俨然成为一个不屈的人。

我是在汉旺钟楼附近邂逅赴绵竹灾区救援的两个人连云港，罗军勇和王学明。他们是来瞻仰钟楼的。

他们是带着对钟楼的敬意和凝重回到连云港救灾先遣队驻地的。

不屈的钟楼给了人们许多启示。

不屈的钟楼在今后几个月的炎热酷暑、风风雨雨里，让罗军勇和王学明，还有许许多多在重灾区的连云港人，夜以继日地投身到为灾区群众抢建板房的工作中去。

不是亲眼所见，真难以置信。

连云港，踏上绵竹就展示着大海蔚蓝的力量。

那个五月二十四日，是连云港这座海滨城市与在绵竹连云港救灾大队的一个不眠之夜。

距离相隔千里，共同的关注近在咫尺。

连云港建设局成为赴绵竹的连云港救灾大队的总指挥部。

在绵竹的连云港市建设局副局长王学明是救灾大队队长，连云港市建筑工程总公司党委副书记罗军勇是书记，他们到设在绵竹的省建设厅指挥部开会。一场声势浩大、十万火急的建设活动板房的大幕即将拉开，工程的基本情况、组织机构，方方面面的事情，省里今晚敲定，每个市救灾大队今晚都要敲定。

绵竹的会议室里灯光一直亮到晚上十点钟。

座落在连云港市新浦区南极北路的市建设局三楼会议室里的灯火，从晚上六点钟一直亮到十点钟，等着在绵竹的省指挥部的消息，等着王学明和罗军勇的声音。

住在绵竹帐篷里被蚊子叮咬着的王学明和罗军勇，夜里十点钟还没有吃上饭，依据省指挥部的会议精神，两个人伏在一起，紧张地做大队方案。他们知道，此时此刻，连云港那边正焦急地等着他们的方案。

连云港建设局局长张林海和他的一班人十点钟也没有吃上饭，

他们怎么能吃呢，千里之外的前线上的王学明和罗军勇在艰苦的环境里正在夜以继日地工作，还没有吃饭，他们怎能吃得下，要饥肠辘辘地等着他们。同甘苦，共命运，这是兄弟情义，这是战友感情，这是对灾区的一颗热心！

王学明给家里的张林海局长传递方案了，他两手敏捷地叩着键盘，发出清晰的哒哒响。他的打字速度够快了，可仍嫌太慢了。他对罗军勇说，张局长他们肯定等急了。

方案厚厚的一摞，约七八千字。

罗军勇说："用电话说吧？"

王学明说："用电话汇报。"

一千七百多公里的路程，在连云港与绵竹之间，方案不断地传来传去。

张林海最后敲定方案的时候，已是第二天的凌晨。

连云港人在绵竹五月炎热的天气里奉献着，他们集体住在一个个帐篷里，晴天一身汗，雨天一身泥。一天半夜，大雨滂沱，雨水灌进帐篷，他们的鞋子全漂在水面上了。

连云港人以工程的质量、速度，赢得了四川人的尊敬。

连云港的蔚蓝色在绵竹铿锵有声。

汉旺镇钟楼上的指针依然指在十二点四十八上。仅仅一年，废墟上崛起了一幢幢漂亮的楼房，温热的炊烟在小镇上空缭绕。

钟楼，成为记忆，更是人抗衡、战胜自然的一种自信和力量。

致一个文学人

（一）

先认识板浦，后认识秀彬。认识了秀彬后，我认识了板浦的小街小巷，认识了善后河、荷花池、国清禅寺，认识了历史里的板浦，想象中的板浦，《镜花缘》里的板浦，以及秀彬拂动的长发和宽阔明洁的额头上的板浦。

对一个地方的记忆需要缘。

我在仿佛中看到青年时的一个白面书生，膈肢夹着书本，眼上两片玻璃后闪烁着若有所思，走在初春板浦窄窄悠悠的街上，在寻找记忆。

（二）

举着一把黑伞，从雨巷里走出来，雨丝把秀彬的一绺黑发粘在额上。从这天始，我玩称秀彬是徐志摩。徐志摩的油纸伞上滴溜溜的水珠滚落下来的一瞬间，是什么滋味，咸淡人间。

从小巷里百次千次走出来的秀彬，一次一次还敬畏着小巷。小巷在苍茫的历史时空里沉浮隐现。

文弱书生的秀彬，在历史的老墙下，听到了沉雄的交织着历史与现实的钟声。昂起头的刹那，我知道，他已接受了忠诚，张开两臂，拥抱呼啸的大海。他不甘于小巷的迷恋，不甘于审美的庸常。

秀彬获得了蔚蓝色的寥廓，成了良心之子。

（三）

秀彬带我去如梦如歌的善后河上，乘一叶扁舟，在河上让心思荡漾。能写出善后河宽阔的胸怀，描摹出两岸桃花瓣英姿和落叶飘零的秀彬，不是一个我能想象出的心底孕育着文学瀑布的作家。

秀彬的美文写在善后河上，把自己的心思留在河上。他成了自然之子。

（四）

一池碧绿，映日荷花，早有蜻蜓立上头是远去的事了，很远了。现在的荷花池破败残壁，该摧毁的全不在了，想象不出远去的那些美好。这倒适合文人心境，能品咂出些意味。秀彬已领几番文人来过瞻仰。几枝枯叶，疏影横斜，水清浅，倒点出几许人间事。不同的人画出不同的枯叶。

秀彬做事既细又粗，为人明了，直来直去，花言巧语被放逐远去。但他有诗情画意。他是性情之子。

（五）

秀彬出书，我想，阅读那些文字心底会获得安静的。有一点安静，多大享受啊。

鹰的高度

河流是为大海而准备的；大海因为河流而辽阔斑斓。

每人都是一条河流，想着潺潺有声地流往大海。

有的人看见了大海，可不知道这就是大海。

要知道什么是大海，大海什么颜色，波涛为什么不息，浪花又怎么如雪，这离不开高度。这是鹰的高度。

我的一个文友，叫张国良，与我同年出生。他是江西一个乡里人，武汉理工大学毕业生。他孩童时听母亲讲，有水的地方是好地方，有海的地方是成大事的地方。这句话烙在了一个男孩子的心上。

乡里有纤弱的小河，泛着细碎的涟漪，打着赤脚、扛着一根长长青竹竿的张国良常常会对着河里的涟漪猜想，大海有多大呢，它会有浪花吗？他会顺着小河跑，想跑到大海边。

上了大学，武汉长江磅礴奔流的气象震撼了他，他又想，那大海什么样子呢，它能有长江这么宏大吗？

大海注定要接迎这一个对蔚蓝色充满向往的海之子。

学业一结束，他沿着中国海岸线，向着东方行走，寻找母亲所说的大海。大海比小河大、比长江大，那该多大呀！母亲说得对，大海大，是做大事的地方。

当大海第一次撞进他的眼里，一望无际的波澜让他按捺不住激动的心情。他知道河小了、江小了，人更小了。他感受到了母亲对自己的教诲用心良苦。他独自守着涛声坐了半个晌午。

这一次，他走过了中国许多许多海湾，看见了一个又一个海滨城市。但它们都没有能够留住他，他继续向东走，向东看大海。

在连云港港口，在连云港叫做鹰游的海峡口，年轻的张国良被海天间高高地翱翔的鹰振奋了，收住了行走的脚步。

鹰的高度，俯瞰着大海，万千气象尽收眼底；她腾飞起来就是发现，心怀壮烈，显示意志，执着地扇动翅膀，寻求艰苦挑战；她守着孤独的信念，以飞翔的姿势把自己信念进行下去。

张国良寻找大海，发现了鹰才知道什么是大海。

鹰的高度，决定了一个年轻大学生理想的抉择；鹰的高度，让意气风发的张国良毫不犹豫地留在了连云港。

一个决心，不，该是一个海誓山盟，在张国良心里暗暗写下来：如果有一天我有作为，一定用鹰做企业的名字。

从此，他用鹰的高度开始人生。

鹰在连云港海天间穿云破雾地飞翔。

三十年像三天、像三小时，不经意间一点声音没有就过去了。可是这三十年对于张国良却是轰轰烈烈、山重水复、柳暗花明、振聋发聩。三十年，他磨了一剑，一个叫鹰遊集团的大型企业独步中国，一个叫碳纤维的产品无可推卸地担起了国家责任……

张国良眺望着大海上的霞光，眺望着大海上翱翔的鹰。从小河走来、从大江走来，他站在大海边，更知道大海波光潋滟所拥有的千万内涵……

鹰的高度，有霞蔚云蒸，更多的是搏击。

清水茶白水茶

九岁之前，我喝的都是白开水，也把它当成了茶水。那是上个世纪六十年代，破碎、难熬、捉襟见肘的日子，一分钱恨不得掰成两半用，让一般人家的孩子对茶这个字眼生疏远离。那真是奢侈品呀！家里来了客人，端上一碗或一杯热乎乎的白开水，已算是热忱待客了。

我家住在半山腰上，屋后有一口浅井，泉水终年不涸，清冽爽口。停泊在港口码头上的"战斗"号轮船上的船员，让这泉水名声大震。这些上海人，船一靠上码头，纷纷拎着桶、拿着瓶瓶罐罐，爬上山，在我家浅井里取水。他们说，喝我家的井水比喝一般的茶水过瘾，如果用这水泡碧螺春，那是满口生津、香气萦绕。什么是碧螺春，我一无所知，心想肯定是什么稀奇的东西。这话传到我家邻里耳朵里，浅井里的水一下变成了能治百病的"仙水"。

白开水是我的童年。

白开水是我童年的茶水。

我喝了十几年白开水，对它有情，也对它有怨。怎能不怨，似乎永远饿得填不饱的肚子，哪能经受住滔滔不绝的白开水的一浪又一浪的冲涮？

感谢茶叶和茶水,这个时代来到时,我已十五六岁,我的容易饥饿的肚子不再常常饥寒交迫,让我身体不再虚弱,四肢有了硬梆梆的力量,像一个大小伙子了。

父亲让我知道这个世界上有几种树叶、几种野花,叫茶叶,泡出来的水不同于白开水,或绿色、或黄色、或咖啡色,或苦涩、或甜味、或淡香、或无香无味。

父亲让我知道云台山上的树叶几乎都是茶叶,都能泡水喝,让我知道云台山是一个波浪起伏、一望无际、郁郁葱葱的大茶园。

父亲带着我走进云台山,在沟壑间、峭壁上,细心地采撷各种野果树的叶子和藤蔓上的花卉。父亲知道的多,一口气能说出几十种树叶和花卉的用途,他说,山榴红的叶子泡白开水,喝了能降血压、治腹胀,金银花泡白开水,喝了能耳聪目明。我们手中的篮子和塑料袋里装满了树叶子和花卉。回到家中,父亲把树叶子和花卉放在笼子里蒸出来,摊在阳光下晒干,用开水泡出来,喝了,树叶子有点苦有点涩,花卉有点甜有点酸,再慢慢咂一咂嘴,舌尖上有一丝醇的香味。

我们家来了客人都用树叶子和花卉来泡茶,客人喝了,脸上都笑称,真行呀,难得能想起这法子泡茶。他们一离开我家,嘴里往往会朝外连连"呸呸"吐几下,手也会连连地揩擦留有一星苦涩味的嘴唇。

我只喝过一次树叶子泡的茶水,且仅仅喝了一口,在舌头上滚了一下,苦涩得舌头忍不住立时把它喷出来,再也没有喝过。

树叶、花卉茶全让父亲喝了,他不仅喝,还把泡过的茶叶一瓣不少的有滋有味地吃了。

我有几个朋友,喝茶是见了功夫,一日不可无茶,一顿不可无茶,喝了云雾茶、毛尖,嫌淡,又喝碧螺春,又觉浓香不够用,又喝苦涩并重、回味有故事的普洱茶。有时,我跟着沾光也喝,可没有像他们一样被润得醉了、熏得飘起来了。

我依故喝白开水，一天三顿地喝，不厌其烦。

白开水是我的茶。

喝白开水和喝茶都是在喝一种心境。白开水看起来是无色无味，如果有心有意想到了，它便会有色有味，有灵有性。像一幅国画，画面上让人人揣摩、咀嚼、回味的地方，常常不是山水，而是留有的一片空白处。无画胜有画，无声胜有声。喝白开水和喝茶都一样，是让人心能平和的清澈有力量，能看到如洗的蓝天上有一朵白云在无拘无束地漫走，能看到无边的蔚蓝色上有一朵白浪花衬托着大海的博大，能听到山泉水轻轻松松地流动声想到山的巍峨与厚重。

能达到茶的境界不容易，能达到白开水的境界更不容易。

跋

又一本散文集出来了。

在这本书的最后面,我特意摆上散文《清水茶白水茶》。我一直把喝白开水当作喝茶。我喝了半辈子白开水,白开水看起来是无色无味,如果有心有意想到了,它便会有色有味,有灵有性。当时,我走山水、看薄雾、听鸟鸣、闻花香,没有激动,没有思想,像喝白开水一样,平平淡淡。过后,品味一下走过的山水、看过的薄雾、听过的鸟鸣、闻过的花香,心里就染上了色彩、流来了潺潺有声的泉水,有了想写写喜爱它们的心情。没有山,一定会没有我,没有水,一定会没有我,也不会有人类的。我出生在山脚下、大海边,走第一步的路是山路,踩第一个脚印是在沙滩上。我牙牙学语或是一双眨巴着的眼睛还不谙人世,周围人似乎忘记我的时候,是大山和大海带着我玩耍,让我笑,让我哭,让我累,让我爽,让我聪明,让我傻,让我顺利成长。人生是一个纠结、苦恼的过程。我十几岁时就有很多苦恼,母亲身体不好,父亲常会带着她到大城市求医看病,家里一穷二白,我和大我三岁的兄长、小我四岁的兄弟,缴不起上学的几块钱学杂费,每天穿的衣衫褴褛,一日三餐饥一顿饱一顿,有时混杂在家庭生活富裕的同学之间,真有点自惭形秽。这些日子，是山上的森林、野花、荆棘、野果、怪石、獾子、狐狸、蛇、兔子、黄雀、百灵、画眉陪伴着我，与我说话，与我的心贴在一起，逗我欢乐，让我感到天上的太阳会给我温暖，周围的峭壁会拥抱着我，树林里的鸟儿会陪着我流泪，我不孤寂了。

花开了结果，水流了有川。我成家了，有子了；我有事业了，有追求了。我的烦恼多了，叹息声多了，心里碧空万里不多了，晴到少云、少云到多云多了。但每当想起我青年时代曾在夜半三更独自夜走茫茫的云台山，想起曾走过的黄河、长江、泰晤士河，想起曾走过的庐山、井冈山、武当山、五台山、太行山、峨嵋山、嵩山、黄山，我看到了生命在苦难中灼放的美丽光芒，于是，每一个早上起来，眼里收到的依然是晨曦的清澈、明亮、温柔的微笑，我没有了烦恼，心里敞亮，跟着晨光去追求生活。

有时，我常为自己会写点东西感到自足。把自己所走过、看过、拨动过心弦的思想和情感能委婉、生动地表达出来，向很多人倾诉，甚至感动人，这应该是许多人不具备的。我一直以为，写作是治病，把心底堆积的情绪发泄出来，病也就好了。

书里收入的散文，都是公开发表过的，这也是我从山山水水间走过来的一条弯细又长的小路……

2013年5月作者于新浦家中